絶対に俺をひとり占めしたい6人のメインヒロイン

SIX MAIN HEROINES WHO ABSOLUTELY WANT TO MONOPOLIZE ME

season1. さて、誰から振ろうか？

石田灯葉 イラスト 緋月ひぐれ
TOMOHA ISHIDA

SIX MAIN HEROINES WHO ABSOLUTELY WANT TO MONOPOLIZE ME

CHARACTER INTRODUCTION

平河真一《ひらかわしんいち》

「荷物は少ない方がいい。物も人間関係も、だ」

高2。ぼっちな人脈ミニマリスト。恋愛留学に参加し結婚相手を決めることになる

目黒莉亜《めぐろりあ》

「りぃの笑顔でおちない男の子なんていないよぉ♥」

高1。全国民を魅了したトップアイドル

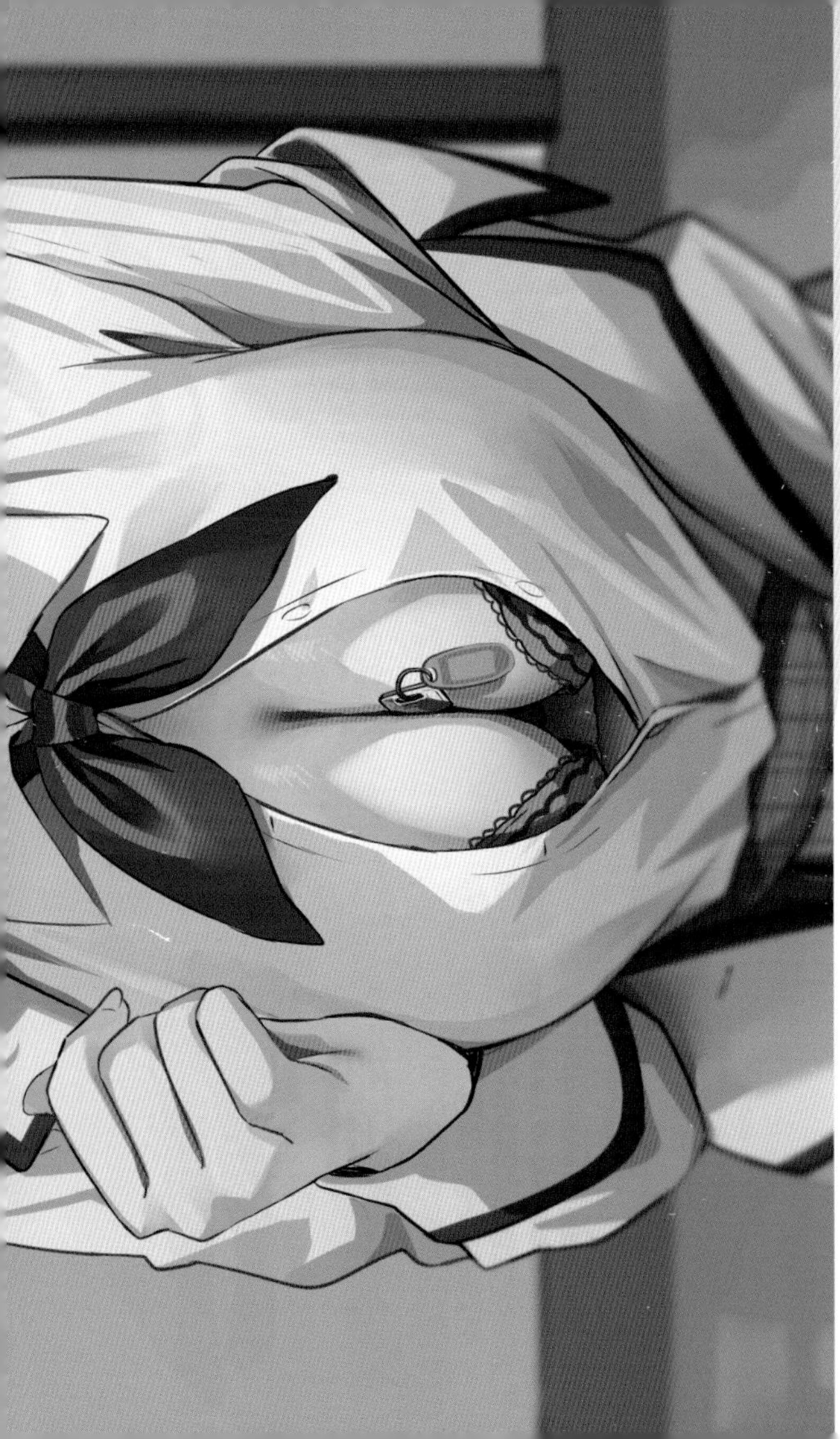

閉じ込めちゃったぁ♥

絶対に俺をひとり占めしたい6人のメインヒロイン

season1.さて、誰から振ろうか？

石田灯葉

角川スニーカー文庫

23524

SIX MAIN HEROINES WHO ABSOLUTELY
WANT TO MONOPOLIZE ME

CONTENTS

プロローグ　前夜、幼馴染、カレーライス……004
第1章　恋愛留学への招待状……014
第2章　絶対に俺をひとり占めしたい6人のメインヒロイン……029
第3章　アイドル、女優、インフルエンサーin遊園地……078
第4章　俺の元カノと幼馴染と義妹が以下略……149
第5章　サウナとスクール水着と怪文書……197
第6章　ニューヨークの恋人（仮）……216
第7章　ラブラブ・オア・ダイ……246
第8章　種明かしオンザビーチ……278
第9章　6人のメインヒロイン、5束のブーケ……298
エピローグ　翌朝……308
あとがき……314

口絵・本文イラスト：緋月ひぐれ
デザイン：AFTERGLOW

プロローグ　前夜、幼馴染、カレーライス

「荷物は少ない方がいい。物も人間関係も、だ」

つまるところ、それだけの話なのだ。

さすがに、あの童話に登場するさすらいのキャラクターのように、緑色の服、とんがり帽子、リュックサックとハーモニカだけで飄々《ひょうひょう》と生きていくというのは現代社会では困難かもしれない。

だが、逆にあらゆるモノをデータに出来る現代社会では、四畳半のアパートに、必要最低限の家具、Wi-Fiとスマホがあれば、大抵のことは事足りる。

当然、身軽であればあるほど、フットワークだって軽くなる。移動や引っ越しが面倒でないし、掃除も簡単に済むし、何より気が楽だし。

人間関係だって似たようなものだ。

多くの人と結びつきを持てば、その分、その手足につく枷《かせ》だって増えるし、重くなる。

大切な人に嫌われるかもしれないという恐怖は臆病や遠慮を生むし、特定の誰かへの好意は贔屓《ひいき》や不公平感を生む。

いずれも、人間関係が人の正しい判断を鈍らせるという話だ。

そもそも、そうして結んだ人間関係が自分にとって有益に働く確証なんてない。むしろ、そうならない可能性の方が高いとすら言える。

他人は自分の思い通りになんか動かないし、それぞれが自分の幸福のために生きているのなら、その目的が相反することだってあるだろう。

なのに、「この人なら自分を幸せにしてくれるかもしれない」だなんて、うっかり期待してしまうせいで、勝手に裏切られた気分になって、傷ついて、時間と心をすり減らすことになる。

どこまでいっても、人は自分のために生きていくしかないし、自分を幸せに出来るのは自分だけなのに。

『早く進みたければ1人で行け、遠くへ進みたければみんなで行け』

そんな言葉もあるが、俺はなるべく早く、あの場所まで進みたい。そこが遠いかは行ってみないと分からないが、少なくとも、早く行く必要はある。

よって、俺は必要最低限の人間としか関わりたくない。

「それだけの話だよ」

信条通り、四畳半の安いアパート。

折り畳み式のちゃぶ台を挟んだ向かい側でカレーを食べている幼馴染に、俺は何度目かのそんな話をした。

「はあー。何度聞いてもその人脈ミニマリスト発言には惚れ惚《ぼ》れしちゃうなあ」

彼女は、感心とも呆《あき》れともつかないため息をつく。

「わたしは、ね？ でも、そんなだから真一《しんいち》は学校で『原因不明の苦学生ぼっち』とか言われちゃうんだよ？」

「え。俺、そんな通り名みたいなの付いてんの？ 知らなかったんだけど」

「うん、陰でね？ 家柄的にはお金持ちなはずなのに貧乏生活してて、成績優秀なのに孤独《ぼっち》だから」

「まじか……。いやいや、ていうかなんで咲穂《さきほ》が俺の学校での陰での通り名を知ってるんだよ？」

「そんなの、知ってて当然な当たり前の常識だよ？」

「知らなくて当然で咲穂は非常識だと思うんだけど……」

なぜなら、俺の学校は中高一貫の私立男子校で、目の前の幼馴染は華奢《きゃしゃ》な体つきの割に出るところは出ている、心身共にれっきとした女子。

当然同じ学校には通っていないのだから、俺の知らない陰口を彼女が知っているはずないのに。

「わたしは知ってるよ？　勉強ばかりしてるのも、貧乏生活を進んで送ってるのも、真一があの夢を叶《かな》えるためだし、そのために学費免除の特待生で居続けるためでしょ？　ぼっちなのはみんなが勝手に真一を怖がるからだもんね？」

「はあ……咲穂はなんでも知ってるな」

「なんでもは知らないよ？　真一のことだけ」

「あ、うん……」

なんだその何かの名台詞《めいぜりふ》みたいなの……。

「さてさて、そんな人脈ミニマリストな平河《ひらかわ》真一君に問題です。このゆるふわ美少女・品《しな》川《がわ》咲穂ちゃんに毎日ご飯作ってもらってるのはどこの誰でしょーか？」

ニマニマとおせっかいな笑顔を浮かべて顔を近づけてくる。美少女はともかく、ゆるふわではないだろ。ていうか。

「だから、それをしなくていいって話を今してるんだろうが。頼んでもないのに、咲穂が勝手に作ってくるんだろ。もう家は近所じゃないんだし、自分で飯も作れるよ」

「そんなこと言って、毎日食べてるくせにー」

「作ってきてもらったものを拒否する意味がないし、勿体無《もったいな》いから、仕方なくいただいてるだけだ」

「仕方なく⁉　もー、分かってないなあ、わたしみたいな可愛《かわい》い子が1人暮らしの家に手料理持って通い妻してくれるのがどれだけ羨ましいことか。わたしのクラスの男子たちに話したらみんな腰抜かすよー？」

「いや、ガワだけ見たらそうなのかもしれないけど……」

たしかに咲穂の作るご飯は美味《おい》しい。一般論として美少女だというのも頷《うなず》ける。頑固オヤジみたいなことを言ってる俺にめげずに構ってくれているのも彼女だけだ。その点は感謝していないことはない。でも……。

「なーに？　不満そうな顔しちゃって」

お姉ちゃんに言ってみ？　みたいな顔で笑ってるので、これも何度目か分からないが、残酷な事実を突きつける。

——主に、俺にとって残酷な。

「だって、咲穂、俺のストーカーじゃん」

「そうだよ。それが？」

「『それが？』って返事がありえる？」

そう。彼女は俺のストーカーなのだ。

いい距離感の親友系幼馴染、みたいな顔をして、行動はかなり粘着質で怖い。

小6の冬だったか、咲穂の部屋に連れていかれた時、壁一面に貼ってあった俺の写真。あれを思い出すと、いまだに悪寒が身体中《からだじゅう》を駆け巡る。トラウマだ。

しかも、俺の知らないうちに、俺の1人暮らしの家の合鍵を持っている様子。

今のところ金銭的なものは何も持っていかれてないものの、定期的に「歯ブラシ1ヶ月使ったから新しいのに替えておいたよっ」とか言われて、うちのどのゴミ箱にも歯ブラシが捨てられてないのとか超怖い。

そんなことが積もり積もって、今日も今日とて、彼女に対して「ここにはもう来ないでくれ」とお願いしていたところだ。ほら、こういう気を遣う作業が発生するから人間関係なんてなるべく少ない方がいいんだよ。

「でも、真一はさ、『必要最低限の』って言い方するよね？　つまり、1人もいらないわけじゃないんだよね？　仲間っていうか、恋人っていうか、人間関係っていうか」

「まあ、それはそうだな」

現実的に考えて、完全に1人の力で生きていけるわけはないと思っている。

俺には出来ないことがごまんとある。むしろ、出来ることがほんの少しだけある、と言う方が正確だろう。

だから、生きていくために、目標を達成するために、人と協力することは必要不可欠だ。

「あくまでも、利害が一致した相手と、利害が一致する間、同じ目的のために協力するって意味だけど。人間関係っていうより、契約関係だな」

「出たあ、利害の一致」

この話も咲穂には何度もしている。彼女は呆れたように、肩をすくめた。

「利害が一致してれば、お互いがお互いの利益になるように動けるだろ？　そういう関係は必要だと思ってる」

考え方は、とある人の受け売りだけど、納得して信条にしている。俺は別に、人嫌いというわけではないのだ。

「ふーん……。じゃあ、さ。結婚は？」

「結婚？　どうしたいきなり？」

「うーん。結婚って一種の契約関係でしょ？　それは必要最低限に入るのかなあって」

「そうだなあ……」

俺は、少し考え、そして、夢でいつも聞く言葉を思い出していた。

「……いや、一番大荷物になりそうだな、夫婦関係って」

「ひどいなあ。将来の奥さんを目の前にして、よくそんなことが言えるね？」

咲穂はむぅーっと下唇を持ち上げる。

「そんな約束してないだろうが。ていうかそもそも、まだそんなこと考えるような歳《とし》ですらないだろ。結婚出来る年齢にもなってないのに」

「そんなことないよ。明日で真一も17歳だよ？」

「それがどうした。結婚出来るようになるまではまだあと1年あるじゃねえか。……ていうか、明日誕生日ってよく覚えてたな」

「だからー、そんなの、知ってて当然な当たり前の常識だよ」

「いや、……まあ、それくらいは変じゃないか……」

誕生日という、普通なら知られてたら嬉《うれ》しいくらいのことですら、咲穂に知られてるとなんか怖い。

ていうか、そうだ。その件も釘《くぎ》を刺しておかないと。

「言っておくけど、プレゼントとか何もいらないからな？　物も、気持ちも、何もだ」

「えー？　そうなの？」

「そりゃそうだろ」

去年の誕生日。学校から帰ったら家中に赤いバラの花が敷き詰められていて、その中心に真っ白な下着姿の咲穂が目をつぶって横たわっていた時には、なんか全部がやばすぎて過呼吸になりそうになった。

　咲穂が着てきたはずの服が見つからず、とりあえず俺のTシャツとスウェットパンツを着せて家から追い出したあとも、片付けが大変だわ棘《とげ》が刺さりそうで怖いわで、祝われてる感じが全くなかったどころか、むしろ呪われてる感じがした。『祝う』と『呪う』で、字は似てるんだけどね……。

　翌日何事もなかったように夕飯を食べに来た咲穂にそのことをなじると、『んふふ、じゃあ片付けの間ずっと真一はわたしのこと考えててくれたんだ？』と笑われて、『無敵の女じゃん……』と白旗をあげたものだ。ていうかTシャツとスウェット返ってこなかったし、なんなら収支マイナスじゃない？

「とにかく、今年はもう本当に何もいらないから」

「はいはい、フラグ立てご苦労様ー」

「フラグ立ててねえよ……」

　がくり、と肩を落とす。

「冗談冗談。わたし、今年は本当の本当にここには来られないんだ、明日」

「へえ、そうなのか？」

「あ、残念そうな顔してるー」

「してない。全然してない」

　ていうか俺のほっぺをつつくな。

「……まあ、もっとすごいサプライズがあるよ。わたしからじゃないけど、真一に、大きな大きなサプライズプレゼント」

「大きなプレゼント……？　さっき大荷物は嫌だって言ったばかりなんだけど……」

「わたしに言われても。わたしはむしろ反対したんだよ？　でも、送り主が送り主だからなあ……」

「おい、なんの話だ？」

「あー……っていうか、プレゼントって言うよりは、」

　咲穂は、俺の追及を無視して、

「プレゼントの候補、かな」

　と、なんだか乾いた笑みを浮かべた。

第1章　恋愛留学への招待状

「真一《しんいち》。『真実の愛』っていうのは、『利害が一致している間柄』のことを言うの」

彼女は病院のベッドの上で、こちらを見ながらそう口にする。

「『顔が好き』とか『性格が合う』なんていうのは、いつ壊れるか分からない絆《きずな》、いつ覆るか分からない感情だわ。外見や性格なんて、明日には変わってるかもしれないし、自分の好みだって未来永劫《みらいえいごう》同じとは限らないでしょう？　それは『恋』ではあるかもしれないけど、『愛』ではないの。恋の魔法がある日突然解けてしまうことなんて、往々にしてあるんだから」

小学生相手にする話にしては、少々難解じゃないだろうか。

「でもね、利害が一致している相手とは、強固な絆で結ばれてる。だって、利害が一致してるってことは、相手を利することは自分を利するし、相手を害することが、自分を害することになるんだもの。誰しも、自分を利することは進んでするし、自分を害することはなるべくしないものでしょう？」

「……うん」

それでも、その内容をどうにか理解しているらしい利口な声が頷きを返す。

「だから、真一には、そんな人と……真実の愛を結べる相手と結婚してほしいの。そうしたらきっと、あなたは幸せになれる。それが、ママの願いよ」

「でも……じゃあ、お母さんは、僕のことも、お父さんのことも、愛してないの？」

その質問に、彼女は困ったように眉をひそめる。

「どうしてそんな風に思うの？」

「だって僕たちはお母さんに何もしてあげられない。その病気も治してあげられない」

そう言いながら、か弱い子供は泣き出してしまう。

ぼやけた視界の中、抱きしめられた感触が伝わってくる。

そして、彼女は泣きそうな声で笑って、こう言うのだ。

「何言ってるの。利害、一致しまくりよ。だってね――」


「……はっ」

まぶたを開くと、見慣れた天井のシミが今日も俺を迎えた。

「またあの夢か……」

四畳半の部屋の隅っこ、布団の上で起き上がり、着ていたTシャツの裾で汗を拭う。

俺は、頻繁にこの時のことを夢に見る。

それは10年前、俺が7歳の頃――母・平河楓《ひらかわかえで》が他界するほんの少し前のことだ。

俺はたしかにその言葉の先を聞いたはずなのに、泣きじゃくりすぎたせいか、全く覚えていない。

それでもその答えを知りたいという潜在意識が「どうにかして思い出せ」と、俺にこの夢を見せ続けているのだろうか。

冷たい水で顔を洗って、朝食にパンの耳をかじる。

バイト先のパン屋で、サンドイッチのために切り落としたものをもらえるのだ。こんなに美味《おい》しいものが従業員とはいえ無料で頂けるなんて、この国は豊かだと再確認する。

普段はこの後、見切り品炒《いた》め（消費期限ギリギリや見た目が悪くスーパーで安売りされている見切り品の野菜を塩胡椒《こしょう》と醤油《しょうゆ》で炒めたもの）を調理してお弁当箱に詰めていくのだが、今日は昼休みがないから必要がない。

制服に着替えて家を出る。

今日は一学期の終業式。外は朝からすごい熱気だ。

東京都武蔵野《むさしの》市にある私立男子校・万智《ばんち》高校。

　登校して教室のドアをくぐると、俺の席に座ったクラスメイトが、俺の後ろの席で突っ伏している男子の肩を慰めるように叩《たた》いていた。

「なあ、いい加減泣きやめよ、男なのにみっともねえぞ？」

「うっせえよ。推しのアイドルの卒業を悲しむ気持ちに男とか女とか関係ないだろ……。ああ、りぃちゃん……どうして電撃卒業なんてしちゃったんだよう……！」

「目黒莉亜《めぐろりあ》が引退かー。不祥事とかじゃないんだろ？　人気絶頂で稼ぎ時だろうに不思議だよなー。ま、逆に伝説になった感じもあるけど」

　どうやら俺の後ろの席の男子が、推しのアイドルの引退が決まって泣いているらしい。

　俺が席のところまで行くと水を差してしまうだろう。とはいえ他に居場所なんかないしな……。どうしようかと思案をしつつも、ゆっくり席に近づく。

「昨日は、女優の神田玲央奈《かんだれおな》が留学で活動休止するってのも言ってたし、ショックなニュースが続くよなあ。オレ、神田玲央奈は子役女優の頃から推してたのになあ」

　俺の席に座っている方の男子がそんなことを言いながらスマホをいじり、「って、まじかよ！」と、目を見開く。

「おい、これ見ろよ」

「なんだよ……？」

「YouTuber の渋谷《しぶや》ユウも活動休止だって！」

「まじかよ……日本の芸能界、どうなってんだよ……！」

色々な芸能人の引退やら活動休止やらが立て続けに発表されているようだが、それよりも、俺にとって目下の問題は、今、俺が自分の席の前に着いてしまったということだ。

俺は小さく喉を鳴らす。なるべく怖がらせないように、なるべく優しい声音を意識して。

「おはよう、そこ、俺の……」

「し、しし失礼しました、平河さん!!」

クラスメイト2人は声を揃《そろ》えて一様に顔を青ざめさせる。

「ああ、いや……」

……必要最低限の友達しか要らないが、別に嫌われたいわけではないんだけどな。

俺はまた父親のことを思い出して、同時に、自分の夢を改めて自覚するのだった。


終業式を終えて、オール10の通信簿を受け取り、家路につく。

これで来学期も学費の完全免除がかなった。気を抜くわけにはいかないが、ほんの少しだけ肩の荷が下りたような心地になる。

帰ったら見切り品炒めを作ってまた精をつけなければ。

「……それで、『原因不明の苦学生ぼっち』か」

ふと、昨日咲穂《さきほ》に言われた言葉を思い出し、俺はそっとため息をつく。

俺が勉強漬けの貧乏生活をしているのには理由がある。

一言で言うと、俺は、父親の力を借りずに、父親の経営する会社・ヒラカワグループを乗っ取りたいのだ。


父・平河真之助《しんのすけ》との不仲（向こうはそうとも思っていないだろうけど）は、生まれてからずっとではない。むしろ、昔は父親のことを心から尊敬していた。

忙しく飛び回っていた父にはほとんど会う機会がなかったが、その代わり、グループの社員に俺は可愛《かわい》がられていた。彼らは口々に言う。

「真一君のお父さんは、本当に立派な人だよ。２代目があの人じゃなければ、ヒラカワグループはこんなに大きくならなかった」

父が褒められるのが、愛されるのが、子供ながらに誇らしかった。

そんな父が豹変《ひょうへん》したのは、母が亡くなった頃だったと思う。

あの時期から彼は、恐怖政治で社内外を支配するようになった。

「繁忙期に有給申請を提出した社員に憤《いきどお》って地方に左遷した」「出張中、自分に口答えした管理職を即解雇すると脅迫した」「何があっても自分に逆らわないという誓約書にサインした人間だけの部署を作り、特別待遇をしている」……などなど、彼の恐怖政治を物語るエピソードは枚挙にいとまがない。

最近では闇社会ともつながりを持っているという噂《うわさ》まである。週刊誌は毎週のように彼の動向を取り上げ、彼の悪評は日本国民全体に広まっていった。

そして、とばっちりを食らったのが、息子である俺だ。

息子に逆らったら、父親から何をされるか分かったものじゃない、と恐れ慄《おのの》かれ、避けられる人生だった。

中2の冬。国際電話で、ほんの1分だけ、父と話す機会を得た。

その時に俺は単刀直入に告げたのだ。

「お父さん。俺は、この家を出ます」

同時に、俺は決意していた。

父親の恐怖政治で稼いだお金の世話にならずにヒラカワグループの社長になる。

そして、一刻も早く、かつてのヒラカワグループを取り戻すのだ、と。

野望の一番初めのハードルは、父親の扶養から抜け出すことだった。

そのためには、月収11万円以上を自分で稼ぐ必要がある。

親に養われないという筋を通すなら、学費も自分で支払う必要もある。それを、学費完全免除の特待生でいるという形で賄《まかな》っているというわけだ。

昼は学校で勉強をなるべく習熟し、夜はアルバイトに精を出す。当然友人と遊ぶ時間も金もなくなり、必然的に苦学生ぼっちが完成する。

俺は自分の生き方を恥ずかしいとは思っていないし、友達がいないことにも不満を感じてはいない。かといって友達や恋人と共に夏休みを謳歌《おうか》するような青春のあり方を否定するつもりもないが。幸せは人それぞれだ。

さて、まずは夏休みの宿題をさっさと済ませないと……などと思いながら、家の扉の鍵穴に鍵を挿して回した、その瞬間、背筋が凍る。

……鍵が回る感触がない。

『わたし、今年は本当の本当にここには来られないんだ、明日』

あいつ、嘘《うそ》つきやがった……！

「おい、咲穂……！」

勢いよく扉を開けると、

「おかえりなさいませ、真一様」

なんと、そこには咲穂ではなく、とんでもない美人が正座してた。

「……はい？」

俺のひっくり返った声が、狭い部屋にこだまする。

「突然部屋に上がり込んでしまいすみません。私《わたくし》、本日から1年間、真一様の恋愛留学《れんあいりゅうがく》のサポートをさせていただきます。生前の平河楓様の秘書をしておりました、十条久美《じゅうじょうくみ》と申します」

パンツスーツを着た美人（20代前半くらいに見える）は、俺の無機質な部屋の真ん中で三つ指ついて頭を下げた。

「じゅうじょうくみさん……？　れんあいりゅうがく……？」

「まずは、こちらをご覧ください」

意味不明すぎてひらがなで対応してしまう俺に、十条さんとやらは封筒を差し出す。

「これは……？」

「平河楓様からお預かりしたお手紙です。真一様の17歳の誕生日に、渡すよう言付《ことづ》かっております」

自らの目の色が変わるのを感じた。

「……俺の母から？」

「はい」

10年前に他界した母からの手紙。

震える手で、その封筒をそっと開ける。

手紙を開くと、まず目に飛び込んできた文字列は。

『やっほー、真一！　ママだよーん！』

バタンッ。

俺は、手紙を閉じて、目頭を押さえて、眉間を揉《も》む。

「……十条さん。これ、本当に俺の母が……？」

俺は眉間を揉みながら、その手紙を十条さんに向けた。

「はい。間違いありません。楓様の筆跡でございます」

「そう、ですか……」

だとしたら、いつも夢の中で俺に語りかけていた聡明《そうめい》で強《したた》かで儚《はかな》げでかっこいい母親は誰だ？　イマジナリー母親？

「真一様……。……我慢なさらなくてもいいのですよ？」

「泣いてるわけじゃないですから……！」

俺は絞り出すように反論した。俺の目頭を押さえる仕草が彼女に誤解を与えたらしい。別の意味で泣きたい気分にはなってたけど……。

「あら、そうですか。それでは、先を読んでいただければ」

十条さんは無表情のまま促す。冷静だな、この人。

俺は気を取り直して、手紙を読み直した。

＊＊＊

やっほー、真一！　ママだよーん！

どう？　元気？

実はね、17歳になった真一にお願いがあって、こんな手紙を書きました！

お願い、真一。

ママの作った会社を継いでほしいの。

＊＊＊

「はあ……？」

素っ頓狂な声を漏らし顔を上げると、十条さんは相変わらず無表情でこちらを見ていた。読み終わるまでは何も説明しませんよ、という意思を感じる。

＊＊＊

真一、来年、高校卒業の歳だよね？

そして、18歳の誕生日って、結婚できる歳だよね？（現行法でもそうかな？）とにかく、その時までに、婚約してもらう必要があるの！

ママとパパが社内恋愛で結婚したのは知ってるかな？　ママと、ヒラカワ社長の御曹司だったパパはグループ会社同士の社長をやってお互いの会社の業績を競っていた、いわばライバルだったの。

そして、ママが立ち上げた会社が株式会社ヴェリテっていう、結婚ビジネスの会社なんだ。結婚情報誌の出版とか、式場の紹介、式自体のプロデュース、結婚後のサポートまで、夫婦生活をトータルでサポートする事業なんだけど。

そこの社長を、真一にやってもらいたいなって。

18歳になる時に、真一に婚約者がいれば社長になれるように、ママが生前に取り計らっておいたから。

結婚ビジネスだからね、未婚だとちょっと厳しいんだ、ごめんね。

でも、安心して！　真一の結婚のために、ママ、全財産を注《つ》ぎ込んでおいたから！

それが、恋愛留学！

＊＊＊

「恋愛留学……？」

何が何やら全然よく分からないが、つまり、俺が18歳になるまでに、生涯の伴侶を見つけていた場合、俺はヴェリテの社長に就任出来るということらしい。

そしてその先の説明を読んでみると、そのために、『恋愛留学』というプログラムが組まれているという。

そのプログラムというのが、俺との結婚を希望する複数人の女性（そんな人がどこにいるんだ？）と共同生活を送り、その中から生涯の伴侶を選ぶというもの。らしい。

母は、俺の結婚相手を探すこのプログラム……恋愛留学のために巨額の財産を残して(遺《のこ》して)いたのだ。

＊＊＊

ちなみに、離婚したら、その瞬間に社長を解任されて、さらに、金輪際ヒラカワグループとは関われなくなるから、ご注意！

＊＊＊

「ええ……」と、つい声が漏れ出る。

＊＊＊

どうか、『真実の愛』を見つけてね。

母より。命よりも重い愛を込めて。

＊＊＊

まず抱いた感想は。

「超やばいやつじゃないですか、うちの母親……」

「御子息《ごしそく》から見ても、そう思われますか」

「御子息から見ても、ということは、十条さんも少なからずそう思ってるらしい。

「はい、心の底から」

……でも、次に思ったのは。

「これは、ヒラカワグループを乗っ取る足がかりになりますね」

「……乗っ取るとは物騒な言い方ですが、」

彼女はほんの少し、口角を上げる。

「それは、真一様次第かと思います」

獅子《しし》身中の虫になる。

これは父親から与えられたルートではなく自分の力でヒラカワグループに入り込み、乗っ取る――取り戻す、大きな足掛かりになるだろう。

そのために、結婚が必要なら。結婚がその近道になるのなら。

答えは1つだ。

「分かりました。恋愛留学、参加します」

第2章　絶対に俺をひとり占めしたい6人のメインヒロイン

目の前には赤絨毯《じゆうたん》のバージンロード。

振り返ると、ガラス張りの向こう、昼下がりの東京の街が一望できる。

東京都港区六本木。そのど真ん中にそびえ立つ『六本木スカイタワー』は、六本木という地名にちなんでか、つい先月、6月6日に出来た66階建ての超高層ビルだ。

名だたる大企業がそのテナント権を取り合っていたと新聞記事に書いてあったが、屋上と61階から66階の最上部6階分については、誰が買ったのか謎のままだった。

しかし、蓋を開けてみたら、どうやら……。

「これ、母の会社が買ってたってことですよね……？」

十条《じゆうじよう》さんが頷《うなず》く。

「はい。こちらは楓《かえで》様が購入を決断なさいました。ビル建設の計画は10年前には始まっておりましたので。現状はこの恋愛留学《れんあいりゆうがく》プログラムの所有物ということになります」

「まじですか……」

「まじです。では、早速今後の流れを説明させていただきます」

俺が唖然《あぜん》とするのをスルーして、十条さんが説明を始めた。

「真一《しんいち》様には、これから6人の花嫁候補を出迎えていただきます」

「花嫁候補、ですか」

改めて聞くとすごい単語だな……。

「真一様には、その6人の中からたった1人を選ぶために、定期的に1人ずつ脱落させていただきます」

「脱落させる、ですか……？」

「ええ。このプログラムは、1人ずつを脱落させて……つまり振っていき、残った1人と婚約していただくというルールとなっております」

「そう、なんですか……」

……いや、最終的に1人を選ぶのは変わらないのだから、そこに至るまでのルールは大した問題ではないのかもしれない。ただ、なんとなく。

「最後に1人だけを選ぶのではダメなんですか？　1人ずつ脱落させるというのはなんだか酷という気がするのですが……」

「真一様は、情に厚い方なのですね」

「そんなことは……ないですけど」

俺は下唇をそっと噛《か》む。情に厚いということは、すなわち『荷物』が、『しがらみ』が、増えやすい性質ということだ。理想的ではない。

十条さんはそこでなぜか少しだけ微笑《ほほえ》む。

「……話を戻しましょう。『最後に1人を選べばいい』とおっしゃいますが、真一様。あなたが企業の面接や学校の入学試験をする時に、1次試験で得点が不足している方を2次試験に通す意味があると考えますか？」

「……なるほど、理解しました」

それはその通りだ。俺はこれから一生を共にする相手を見極める必要がある。であれば、結婚する可能性のない相手を早めに選考外にして、人数を減らしていった方が、残った候補をつぶさに見ることが出来て、判断を誤る可能性も減るということだろう。

「分かっていただけてよかったです。それでは、これから1人ずつ、私《わたくし》がお連れしますので、お互い簡単に自己紹介をして、人となりを知ってください。とはいえ、真一様のプロフィールは分かった上で候補の皆さんはオーディションを受けてらっしゃいます。なので、ご自身のお話はそこそこに、お相手のお話を聞くのがよろしいかと思います」

「オーディション……？」

「ええ。真一様のプロフィールを見た同年代の女性が1万人ほど応募してくださいました。

それを勝ち抜いていらっしゃった6人の女性がここに集まります」

「1万人……⁉」

会ったこともない女子が俺に恋愛感情を抱いているはずもないから、俺の家柄だったり次期社長候補という立場だったりをあてにしてのものだというのは分かっているが、それにしても多い。

「ていうか、そんなこと、いつやってたんですか？」

「先週までの2ヶ月間ほど水面下で。ヴェリテを代表する結婚マッチングのスペシャリスト集団——コンシェルジュ四天王《してんのう》が、真一様との相性、家柄、能力等々を総合的に判断し、全ての項目において、高い基準点を超えた方だけをこちらにお呼びしています」

「コンシェルジュ四天王……」

一見ふざけたそのシステムも俺の母が作ったものなんだろうなあ……。

「そうして厳選された6人の花嫁候補から、1人を選び抜くのが、この恋愛留学で真一様のするべきことです」

「そして、その1人と結婚もしくは婚約をする、と……」

「ええ。自己紹介後の進め方は皆様が揃《そろ》ってから、また説明します」

「……分かりました」

一つ一つ呑《の》み込むのが難しいが、とにかく『これからここにやってくる6人から1人を選ぶ』ということを俺はするらしい。

「それでは、まず、お1人目の方をお呼びして参りますね」

十条さんは深くお辞儀をして立ち去り、レッドカーペットの上、俺は1人取り残される。

そっと目を閉じて、集中する。

俺は、この留学を通して、誰か1人を選ぶ必要がある。

それも、ただ好みの相手を選ぶだけじゃダメだ。

その相手とは、文字通り、『死が2人を分かつまで』添い遂げないといけないし、それが叶《かな》う相手を選ばないといけないのだ。

俺は、ふと夢の中の母の言葉を思い出す。

『真一。『真実の愛』っていうのは、『利害が一致している間柄』のことを言うの』

……なるほど、こういう状況になると、妙な納得感がある。たしかに、利害が未来永劫《みらいえいごう》一致する相手なら、離婚することはないだろう。たとえ、そこに恋心とやらがなくなったとしても、だ。

「……よし」

静かに、気合を入れる。

まだ見ぬ『彼女』たちを見定める審査は、ここから始まるのだ。

1人目：目黒莉亜《めぐろりあ》

「まじか……！」

桃色のドレスに彩られたとびっきりの笑顔。

チャペルの入り口に現れたその姿を見て、俺は目を疑う。

彼女はにこぉーっと笑みを浮かべて、自己紹介をする。

「はぁい、こんにちはぁ！♡　埼玉県出身、目黒莉亜、15歳、高校1年生ですぅ！　好きな動物はカピバラさんです！♡　莉亜って呼んでください、よろしくぅ！♡」

「……は、はい。どうも、平河《ひらかわ》真一、17歳、高校2年生です、好きな動物は……って、俺のは別にいいか」

「えへへ、面白ぉい！♡　アイドル向いてるんじゃないー？」

「いえ、それほどでは……」

自分でも分かる。なんて不器用なコミュニケーションなんだ！

冷静に見極める、と言い聞かせて作っていた心の膜に早速揺らぎが生じていた。ただ、自分に甘いようだが、それも無理のないことだと思う。

なんせ、俺の前に立っているのは、日本で暮らしていれば知らない方が難しいほどのトップアイドル、『春めくプリーツ』のセンター、目黒莉亜なんだから。

俺みたいな芸能界に疎《うと》い人間であっても、新聞配達のバイトの傍《かたわ》らで目に入る一面にもよく名前が載っているし、街を歩けばあらゆる広告で彼女の姿を拝むことが出来る。『りぃ』というその特殊な一人称ですら、全国民が知っていると言っても過言ではない。

終業式の日にクラスメイトが話していたアイドルも、目黒莉亜だったし。

……いや、ていうか。

「電撃引退したばかりじゃなかったか？　どうしてこんなところに？」

「アイドルは、ここに来るために卒業したんだよぉ？♡」

「ここに来るため……？」

俺がぽかんとしていると、彼女は俺の手をそっと握り、

「真一くんと恋愛するためってこと♡」

と百万点の笑顔を浮かべる。

「俺と、恋愛……？」

対する俺は0点のあいづち（＝ただの復唱）を打つことしか出来ない。

「そぉ！　アイドルって、恋愛禁止でしょぉ？　でもぉ、りぃは真一くんのこと好きになっちゃったから、アイドル辞めてここに来たの！♡」

「好き……？　俺のどこを……？　いつから……？」

「質問たくさんだねぇ？　んー、どこって……全部、かなぁ？♡　真一くん、眠そうな目がかっこいいしぃ、勉強しかしてなくて頭良いしぃ、友達いなくて一途《いちず》みたいだしぃ」

それ、褒めてるつもりなんだろうか？　あの目黒莉亜が俺のことを好きだなんて到底信じられない。いや、ていうか。

「万が一それが本当だったとして、そんな理由でアイドルを辞めるなんてことありえるか……？」

「逆に聞くけど、真一くん。りぃが、」

ふと、彼女の微笑んだ目の奥に冷たい熱が灯《とも》る。

「──春プリの目黒莉亜が、おふざけでアイドルを卒業して来ると思う？」

「それは……」

その両目はまっすぐ、俺を見つめていた。

「ないでしょ？♡　今は、それだけの覚悟でここに来たってことだけ、分かってくれたらいぃから！」

「お、おう……」

　俺はなるべく多くの情報を得ようとその瞳を見つめ返すものの、

「うっ……」

　いつの間にか戻ってきたアイドル然とした輝きに目をそらしそうになる。男子校ぼっちの俺には眩《まぶ》しすぎるな……！

　俺は目を閉じ、そっと深呼吸をする。これは、俺が勉強を始める前にいつもする集中のためのルーティーンだ。『２秒瞑想《めいそう》』と呼んでいる。

　ふう……はあ……。……よし。

「どぉしたのぉ？♡」

「いや、なんでもない」

「ふぅーん？　せっかく顔赤かったのに元に戻ったねぇ？」

「そうだな」

　２秒瞑想を習得しておいて良かった……。

「でも、じゃぁ……えいっ」

　そう言って莉亜は、俺にハグをしてくる。

「……っ!?　り、莉亜……!?」

「どぉしたのぉ?♡」

にたぁーっと俺を見上げてくるその笑みがなんともあざとく、アイドル仕様だと分かっていても、心が揺さぶられるのを感じた。さすが1億人を虜《とりこ》にするアイドル……!

「いや、その……」

脳内で警報が鳴る。まずい。身体も密着しすぎている。俺の許容量を超えている。

「んんー?♡」

ダメだこの人、多分何を言ってもこのままだ。

俺は再度2秒瞑想をする。

……よし。

すん、と表情を戻して莉亜を見返した。

「むむ……!　手強《てごわ》いねぇ?　りぃが6秒見つめたらどんな男の子も顔赤くするんだけどなぁ?」

そう言って莉亜はあざとく頬《ほお》を膨らませる。

「でも、逆に燃えちゃうかも♡　絶対に振り向かせてみせるから、待っててね♡」

「おう、受けて立つぜ……(?)」

「お時間です」

十条さんがベルを鳴らして、莉亜の番が終わった。

「また話そぉねぇ、真一くん！♡」

2人目：品川咲穂《しながわさきほ》

「ということで、品川咲穂、16歳、高校2年生、真一と結婚しに来ました！」

いつも通りの笑顔でやってきた幼馴染《おさななじみ》は、いつもよりも着飾ったドレスに身を包んで、やっぱりいつも通りの口調で改めて自己紹介をする。

「やっぱり、咲穂はこの留学のこと、知ってたんだな」

「そんなの、知ってて当然な当たり前の常識だよ？」

「知らなくて当然で咲穂は非常識だよ……」

咲穂が来ることは、恋愛留学への招待状を受け取った時点で予想がついていた。

『……まあ、もっとすごいサプライズがあるよ。わたしからじゃないけど、真一に、大きな大きなサプライズプレゼント』

『わたしに言われても。わたしはむしろ反対したんだよ？　でも、送り主が送り主だからなあ……』

昨日の謎発言の数々は、咲穂がこの留学のことを知っていれば、全部説明がつく。

「はあ……咲穂は本当になんでも知ってるな」

「なんでもは知らないよ？　真一のことだけ」

またドヤ顔でそんなことを言う咲穂。

「というか、なんかホッとした顔してるね？　わたしが来たの嬉《うれ》しかった？」

「いや、咲穂を見ると安心するなあって……」

「そうかな？　えへへ……」

俺の言葉に一度はふにゃけた笑顔を浮かべた咲穂が、

「……いや？　その顔は違うね？」

今度はジト目になる。

「真一、1人目の女の子に籠絡《ろうらく》されそうになってたでしょ!?　この間、美人の新聞営業のお姉さんが家に来た時になんとか回避した後と同じ顔してる！」

バレた……！　ていうか！

「いや、あの時、咲穂、家《うち》にいなかったよな？　どうやって俺の顔を見た？」

「そんなの、見てて当然な当たり前の出来事だよ？」

「うわあ……」

何が『咲穂を見ると安心するなあ』だよ、俺。真逆だ真逆。

「それにしても、真一がこの話を受けるなんてねー。結婚は『大荷物』じゃなかったの？」

「まあ、そうだな……。意外だったか？」

「ううん。真一だったら、夢のために受けるんだろうなあって思ってた。だから嫌だったんだよ。結婚相手が必要なら、わたしがいるのになあ」

相変わらずのテンションでつらつらと呟《つぶや》き続ける咲穂に、俺はかねてから聞かないといけないと思っていたことを尋ねる。

「もしそうなったとして、咲穂は本当にそれでいいのか？」

「どうしたの？　いきなりそんな真剣な顔して」

「真剣な話だからだ。咲穂の将来の話だろ？」

「ん……？」

これまでだって、咲穂はこんな風に気持ちを伝えてきてくれていた。

でも、それはおそらく、人間関係ミニマリストである俺が本気で応じることなどないと知っていてのアプローチだったと思う。なんでもは知らなくても、真一《俺》のことだけならなんでも知ってる咲穂のことだ、それくらい分かっているはずだ。

でも、この恋愛留学は、ままごとじゃない。

選ばれたら、本当に俺と結婚しないといけないのだ。

だからこそ、俺はその意思を確認しておかないといけない。

「咲穂は、本当に俺と結婚する気があるのか？」

「そんなの、あるに決まってるよ？」

ノータイムで返答する咲穂。

「あれ？　今まで何回も言ってるよね？　わたしは『初恋至上主義』なんだよ？」

それは彼女のずっとしている主張だ。

「それは、知ってるけど……」

「『知ってるけど分かってはいない』ってことかな？　じゃあ、説明するね？　最後だからね？」

そう言って、彼女はこほん、と咳払《せきばら》いをする。その目からハイライトがすぅ……と消えていく。あのスイッチを踏んでしまったのか……。

「何も、無根拠に『初恋至上主義』なんて信条を掲げてるわけじゃないよ？　初恋の人と添い遂げるのが一番幸せだって言うのには、ちゃんとした理屈と根拠があるんだよ？　それはすごくシンプル。『初恋は全ての基準になる』から」

こうなると、もう、口を挟む余地はない。

「もしもわたしが、今後真一以外の人とお付き合いしたとして……ああ、そんなの考えるだけで気持ち悪くて吐き気がするけどね？　でも、真一が分かってくれないみたいだから仕方なく仮定するね？　あくまでも仮定の話、空想、ありえない――ううん、あっちゃいけない想像だってことは理解して聞いてくれるかな？」

俺ににじり寄ってくるドレス姿の咲穂。サイコホラー映画のワンシーンだ。

「わたしがもし誰か、真一とは違う人とお付き合いをしたとしても、その人と何かするたびに真一のことを考えちゃうんだよ。真一だったらこんな時なんて言うかな、真一だったらどんな風にわたしを抱きしめてくれるかな、真一の唇の感触は……って。ずっと、ずっと、ずうっと、だよ？　そんな風に思うくらいなら、初恋の人と結婚して、全部の『初めて』を初恋の人にもらってもらうのが一番幸せだよね？　こういうことを言うと、たまに『1人目が運命の人とは限らないんだから、ちゃんと色々な人と付き合って見極めなきゃ』だなんて正論っぽい暴論を言ってくる人がいるんだけどね？　でも、色んな人と付き合って厳選したいだなんて気持ち、わたしには全然分からないよ。だって、」

さすがに息がもたなかったのか、そこでたった一息だけ吸って、彼女は宣言する。

「わたしは、わたしの『初めて』から『最後』まで、ぜんぶ、真一にあげたいんだもん」

「咲穂、分かった。分かったから……！」

聞かされている情報量や、内容、雰囲気、全てにクラクラし始めた俺は、どうにか止めるために咲穂の肩を押さえる。

「本当？　本当に分かってくれた？」

「うん、分かった」

嘘《うそ》はついていない。現状ではそうなのだということは、分かっているつもりだ。

俺の心配は、今の咲穂の気持ちにではなく、『恋の魔法はいつか必ず解けてしまうんじゃないか？』というところにある。

ただ現状の咲穂にとって、それは想定から大きく外れたところにあり、問いただしたところで、意味のある回答は得られないのは明白だった。

そういうところも今後の留学で判然とさせていくしかない、ということだろう。

「これでも、本当はかなり譲歩してるんだよ？　かなり、我慢してるんだよ？　わたしが人生をかけて伝えてきた気持ちが届いてないんだって。わたしがいるのに、お嫁さん探しなんかする真一に腹だって立っちゃいそう。そういうのも、分かってほしい」

普段どこかおちゃらけている調子の咲穂が、感情をあらわにして語りかけていた。

「まあ、でも、一応、この留学への参加は許してあげるけどね？　わたしと結婚した後に、わたし以外に目移りしないように。自分の意思でわたしを選んだって過去を刻みつけるために」

「咲穂……」

「わたし、負けるつもりはないからね？」

彼女はそう言って、満開の笑顔を咲かせた。

３人目：平河舞音《まのん》

３人目は、純白のドレスに身を包んだ、小柄かつ小顔、綺麗《きれい》な銀髪の少女だった。

「舞音⁉」

その姿を見て、俺はつい大きな声を出してしまう。

彼女は、またしても知ってる女の子だったが、ただの知り合いではない。

「お久しぶりです、お兄ちゃん」

彼女の名前は平河舞音。俺の義妹だった。

義妹といっても、俺の父親の再婚相手の連れ子というわけではない。舞音は、児童養護施設にいたところを、父親が養子縁組をして引き取った。

彼女を養子にした理由は、その頭脳にあったようだった。

まだ施設にいた頃、小学生だった舞音は、ヒラカワグループの内部ネットワークにハッキングを試みた過去がある。当時、相当に無口だった舞音がそんなことをしようとした理由は結局よく分からなかったが。

俺たちの父親・平河真之助《しんのすけ》は、舞音及び施設を訴えないどころか、それを理由に彼女との養子縁組を申し出た。今になってみれば、もうあの時には既に父は俺に会社を継がせる気はなく、他の後継ぎ候補を探していたのかもしれない。

そんな経緯で、小4の時に突然出来た1つ下の妹。それが平河舞音だ。

「舞音、どうしてここに……!?」

「いずれにせよ、時がくればお兄ちゃんと結婚しないといけないと思っていましたので。その時が来ただけです」

「……舞音って俺のこと好きだったのか？」

「不可解です。どうしてそうなるです？」

「どうしてそうならないです……？」

ちっとも似た者同士ではない兄妹《きょうだい》は、それでも同じように顔をしかめて同じように首をかしげる。俺が高校入学と同時に家を出るまで、6年も同じ家に住んでいたのに、舞音が何を言っているかさっぱり理解出来ない。

まあ、俺の前で口を開いてくれるまでに1年を要したから、無理もないんだろうけど。

「その理屈で言うと、この留学への参加者は全員がお兄ちゃんのことを好きということになるですよ。本当にそんなことあると思うですか」

「それは、たしかに……」

そもそもオーディション応募者のほとんどが俺の家柄や立場が目当てなはずだから、通過者の６人だって同様に、俺への好意がない可能性の方が高いに決まっている。

無意識のうちに、ずいぶんと思い上がった発言をしていたらしい。

俺は恥をかき消すように咳払いをして、最初の質問に戻る。

「それじゃあ、舞音は？　どういう目的で参加したんだ？」

「マノンは、今の環境を変えるわけにはいかないのです。そのためには、平河家の人に養っていただく必要があります」

舞音は、自分のことを名前で呼ぶ。その名前だけが実の両親からもらったものだから、だそうだ。ちなみに、そのことを教えてくれるまでに3年かかった。

「マノンは、自分のためだけに好きなことだけをしていい、という条件で平河家の養子になりました。これは平河家との契約とも言えます。でも、真之助お父さんが社長や会長を退任するのはそう遠いことではありません」

「それは、そうだな」

定年退職という概念があの男にも通じるのかは分からないが、父はもうすぐ還暦だし、退職せずとも、人の命には限りがある。

「だから、その時までには、お兄ちゃんと結婚しなければいけないと思っていたのです」

「そうまでして舞音がやりたいことって、なんなんだ？」

実は、出会ってから7年半かかっても聞き出せていないのが、それだった。

「マノンは……」

自惚《うぬぼ》れもあるかもしれないが、舞音は俺にはそれなりに心を開いてくれている。それでもこれまで話さなかったことだ。ダメ元ではあるが、結婚するかもしれないというこの段においては重要なことでもある。

言うかどうか迷っていたその唇は、それでも、「秘密ですよ？」と前置きをして、初恋の相手を兄にだけ教えてくれるようなナイショの声音で、俺の耳元に届けてくれた。

「マノンは、お人形さんが作りたいのです」

「へえ……」

その言葉に胸元になんとも言えない華やかな心地が広がる。

「不可解です。どうしてそこで嬉《うれ》しそうな顔をするのです？」

「いやあ……舞音のそういうの、初めて聞けたなあって思って。そっか、そういうのが好きなんだな……」

「す、好きとかじゃないですし！　と、突然、お兄ちゃん面《づら》しないでください、ふ、不可解です……！」

舞音はその色白な顔をほんのり桃色に染めていく。銀髪と純白のドレスに映えて綺麗だ。

『好きとかじゃないですし！』と、自分の夢にツンデレをかましてるのもなんだか微笑《ほほえ》ましい。

「じゃあ、髪を切ったのも、この留学に向けて？」

「ええ、そうですけど……。やっぱり似合わないです？」

舞音は肩の上あたりで切り揃《そろ》えられた自分の毛先を見て、顔をしかめる。

以前は床につきそうなほど長かったのだ。かなり、バッサリ切ったらしい。

中高一貫の、リモートでの通学が許されている私立校に通っている舞音は、ほとんど引きこもりだったため、髪を伸ばしっぱなしにしていたし、服にも無頓着だった。

それでも、きっと親譲りであろうその髪だけは綺麗に保っていたので、ごくたまに３階の自室の窓を開けて街を見下ろす時、たまたま通りかかった人々がその姿を見て、『銀髪のラプンツェル』だなんてあだ名をつけていたことがあるくらいだ。

「いや、切った髪もよく似合ってるよ。高校デビューなのかと思った」

身内贔屓《びいき》が過ぎるかもしれないが、先ほど見たトップアイドル・目黒莉亜にすら引けを取らないと思える。

「高校デビュー？　マノンが、なんのためにそんなことをするですか？」

「いや、知らないけど……。高校でモテたりするためにするんじゃないか？」

「不可解です。マノンが高校の誰かに好かれようとする意味が分かりません。だって、」

そして、我が妹は、こともなげに言い放つ。

「マノンの高校には、お兄ちゃんはいませんよ」

4人目：渋谷《しぶや》ユウ

「こんにちは！　アタシ、渋谷ユウ！」

「こんにちは、平河真一です。17歳、こうこ」「ねえ、この恋愛留学っていうサイコーなプログラムを考えたのって誰なの⁉　あんた⁉　あんたのお父さん⁉　あんたのお母さん⁉　それとも、あのジュウジョーさんって人⁉」

自己紹介もそこそこに、というかそこそこにも至らないうちに、彼女はその大きな瞳を爛々《らんらん》と輝かせて、俺に顔を近づけてきた。

「ああ、それは俺の」「そんなのは誰でもいいのよ！」

丁寧に答えようとする俺をバッサリと遮る渋谷ユウさん。

「とにかく、サイコーだわ！　オモシロ企画開発者・準グランプリを受賞させてあげたいくらいよ！　もちろんグランプリはアタシね！」

「お、おう……」

すごい。彼女を中心に世界が回ってるんじゃないかと、こちらが錯覚するほどに自己中心的だ。

「あー……えっと、渋谷さんはどうしてこの留学に？」

「渋谷さん？　あんた、アタシとタメでしょ？　同い年の敬語なんて、本当に無意味だわ。ユウって呼びなさい！　あんたはシン。それでいい？」

「ああ、うん……」

俺と同い年だってことを俺は知らなかったんだけど。つまり、彼女――渋谷ユウは高2の歳らしい。

「それで、ユウは何しに留学へ？」

「番組みたいな聞き方するのね？　何しにって、こんなに面白そうなコトってないじゃない？　バズる可能性も十分にあると思うの！」

「バズ……？」

「何よあんた、バズも知らないの？」

「いや、バズは知ってるけど」

主にSNSで多くの人に拡散されることを言う言葉のはずだ。俺の疑問は、それがどうして今出てくるのかということなんだけど……。と、そこで思い当たる。

「もしかして、渋谷ユウって……YouTuberか？」

「そうよ！　アタシのチャンネル【渋谷ユウのセカイ】、見たコトあるでしょ？」

「あ、俺は見たことないんだけど……。そういうチャンネル名なのか」

「見たコトないの⁉　なんで？　人生の10割損してるわよ？」

「全部じゃん」

「全部よ！」

当たり前のように主張するその口に俺は圧倒されっぱなしだ。

「とにかく、この留学の様子を撮影して編集して、アタシのチャンネルにアップするの！」

「それがバズるのか？」

「そんなのやってみないと分からないけど、可能性は十分にあるわ！」

ニヤッと彼女は笑う。

「高校生が結婚相手を探して婚活の旅よ？　日本国内だけじゃなくて、海外とか、他にも普通じゃ行けないようなところにも行けるって聞いてるわ！　それに、参加者はもれなく何らかのスペシャルなものを持った美少女女子高生！　誰が残ってもおかしくない恋愛サバイバル！　そんな戦い、みんな見たいに決まってるじゃない！」

「そんなもんかねえ……」

あいにく俺にはバズのことはとんと分からない。

「このプログラムを考えた人は準グランプリだけど、残念なのはそれをどこにも配信せずにクローズドでやろうとしたことね。そこらへんが『準』たる所以《ゆえん》だわ」

まあ、企画した時にはバズるって言葉も生まれたばっかりだっただろうからな。

「でも、それアップしていいのか？」

「運営的には、全部終わったあとに、広告費を取らない形でなら構わないみたいよ。あとは各参加者への許可どりは自分でやるコト、だって」

「へえ……。って、広告費を取らないなら意味なくないか？」

「は？　なんでよ？」

ユウは顔をしかめる。

「アタシは、別に広告費なんてどうでもいいのよ！　世界一総再生時間の長い動画を作りたいだけなんだから」

そう言って見上げてくる２つの瞳。改めて特徴的な目をしていると思った。好奇心と自信をバックライトに輝いているみたいだ。

「どうして、世界一になりたいんだ？」

「アタシは、アタシにしかなれないアタシになりたいのよ！　つまり、オンリーワンね！　ナンバーワンよりも分かりやすいオンリーワンが存在するかしら？」

「まあ、一理あるな」

前半の同語反復的《トートロジー》なセリフはさておき、後半は、『ありのままでいい』『オンリーワンでいい』という言葉よりは、納得感がある。

「アタシはそのために、世界の誰も体験したことないような人生を送ることに文字通り命を懸けてるの！」

「じゃあ、この企画に参加して撮影するのが目的ってことか」

「そういうコト！　この留学を最後まで見届けて、ナンバーワンになってみせるわ！」

俺はそれを聞いて顔をしかめる。

「いやいや、最後までって……。ナンバーワンの人は、俺と結婚するって分かってるか？　動画撮るだけなら、そこまでする必要ないだろ」

「あんた、本質を見失ってるわよ？　この動画の主人公はアタシなの。主人公が優勝した方が面白いに決まってるじゃない」

本質を見失ってるのは俺なのか……？　というか。

「そんな簡単に結婚を決めていいのか？　まだ高２なのに、その後の人生決めるようなもんだぞ？　まあ、このプログラムに参加してる俺が言うことでもないんだけど……」

「高２で早いっての？　じゃあ、何歳ならいいの？　そもそも、あんたは、何歳まで生きるつもり？」

ユウは目を細める。

「何歳までって……。そんなの分かんないけど」

「そうでしょ、分かんないのよ！　それが、明日までかもしれないわ。だったら体験して早すぎるコトなんて１つもないでしょ？　結婚、どんとこいよ！」

「ほう……」

なんだか破天荒に見えるが、彼女は人一倍の哲学を持っているらしい。

輝く瞳から目が離せないな、とそっと心の中でひとりごちた。

５人目：神田玲央奈《かんだれおな》

「こんにちは、神田玲央奈、17歳、高校３年生です」

毅然《きぜん》とした態度で頭を下げた彼女は、綺麗《きれい》な微笑みの奥に、心を読みきれない不思議なその名前は、その顔は、また俺でも知ってるような芸能人だ。

神田玲央奈。子役上がりの天才女優と名高く、娘にしたい芸能人ナンバー1の座をもう10年近く譲っていない。

貫禄《かんろく》を匂わせる。

「えっと……留学で活動休止なんじゃ？」

「ん、間違ってないでしょ？　これは、留学だもん」

彼女の微笑みにはミステリアスな魅力がある。

「ていうか、あたしの活動休止になんて、興味を持ってくれてたんだ？」

「ああ……ちょうど教室で友達が話しているのを聞いたんです」

「ふうん、クラスメイトが、ね」

さりげなく言い直された……。たしかに友達ってのは盛ったんだけど、なんでバレたんだ？　オーディションで使われた俺のプロフィールに『ぼっち』とでも書いてあったんじゃあるまいな？

「ていうか、あたしのこと知ってくれてるなら、もうちょっとくらい驚いてくれてもいいんじゃない？　張り合いがないなあ」

「おっしゃる通りです……」

「あはは、まあいいけど」

元アイドルやら義妹やら、色々な人がやってきすぎて、そこら辺の感覚がちょっと麻痺《まひ》っているらしい。それでも神田さんは寛大に笑ってくれる。

「それで、神田さんはどうしてこの留学に？」

「その前に。あたしのことは神田って呼んでくれるかな。今は実際同い年だし、タメ口でいいよ」

先輩にタメ口を使うのはためらいがあるものの、彼女がそれを望むのであれば、敬語にこだわりがあるわけでもない。

「ああ……うん。神田……は、どうしてこの留学に？」

「よくできました」

にこ、と笑って、神田は褒めてくれる。

「正直言うとね、あたしは平河のこと、利用しようと思ってるだけなんだ」

「利用？　どんな風に？」

彼女は2本指を立てる。

「『男よけ』と『売名』の2つ。あたし、生涯、女優でいたいんだ。死があたしと演技を分かつまで」

「生涯……。それで、そのために『男よけ』と『売名』が必要だと？」

「そういうこと。うん、ちゃんと説明するね」

神田はにこっと頷《うなず》いた。

「高校生になったあたりからかな。やっぱり現役女子高生っていうのが妙にブランドになるのか、共演する俳優とか男性アイドルとか、若いプロデューサーとか、たまには監督とかからも口説かれたりして……。そういうの、これから結婚するまで続くんだと思ったら、嫌気がさしちゃって。だから、誰もが『ちょっかいをかけられない』って思うような人となるべく早く結婚しちゃえば解決するなって思って」

「それが、俺？」

「そういうこと」

「……ただの苦学生ですよ、俺自身は」

彼女は微笑《ほほえ》みを崩さない。俺は反論しながらも彼女の言いたいことは分かっていた。

それは、俺自身が誰もが『敵《かな》わない』と思うような存在だということではなく、平河真之助の息子である俺の婚約者を口説くなんて、命知らずなことをする人がいないという話だ。大人であれば、なおさら。

「キミは自らのポリシーを貫くために苦学生をしているんでしょ？　そんなの、なかなか出来ることじゃない。十分魅力的だと、あたしは思うけど」

「お、おおう……」

なんかいきなり褒められてちょっと嬉《うれ》しくなってしまった……。2秒瞑想《めいそう》。

「あはは、ごまかそうとしてる」

心を見透かすようなイタズラな笑みで覗《のぞ》き込まれて、気恥ずかしくなる。

「こほん……『男よけ』は分かった。『売名』っていうのは？」

「つまり、ゆくゆくは日本一の実業家が一生の愛を誓う相手があたしってこと」

ゆくゆくは、ね……。実際どうなるかは分からないけど、それはおいといて。

「それは女優業に関係あるのか？」

「全く関係ないね。本質的には」

「本質じゃないところで関係あると？」

「そういうこと」

首をかしげると、彼女は指を振る。

「ブランディングってやつ。そういうことで、人の価値を測ろうとする人が世の中には一定数いる。そのものが素晴らしいかよりも、売れているかどうかで測ろうとする人。審美眼を、世間に頼ってしまうような人がね」

「それは……そうかもな」

その人自身ではなく、その人の前や後ろについている看板や肩書きでその人を判断する人が多いことは、俺も身をもって実感していた。

「生涯女優でいるってことは、生涯仕事をもらわないといけないでしょ。っていうことは、そういうブランディングみたいなこともちゃんと意識していかないと」

「大変な世界だな……」

まあ、プロの世界に大変じゃない世界なんてないんだろうけど。

「ということで、あたしは、あたしのために、キミと結婚したい。でも、平河にとっても悪い話じゃないと思うよ」

「どうして？」

「全く同じ理屈で、キミは『日本一の女優を射止めた男』になれる。きっと今とは別の意味で、周りはキミに一目置くことになるよ。それに、」

彼女の笑みには、不思議な引力があった。

「あたしは、キミの望む人間として、生涯を生き抜ける自信がある」

6人目：大崎《おおさき》すみれ

いよいよ最後の1人。

チャペルの入り口に、顔を伏せた紫色のドレス姿が現れた瞬間、『ガラスのように綺麗だ』だなんてポエムが、俺の無粋な頭に一瞬だけよぎる。一瞬だけだったのは、彼女の美しさが瞬時に失われてしまったからでは決してなく、その直後、上げたその顔が、それこそガラスの破片のように、俺の脳髄に直接刺さってきたからだ。

硬直して、そのくせ手が震えてしまう俺の前に立った彼女は、優雅にお辞儀をすると、

「こんにちは。久しぶりね、平河くん」

あの日と変わらない作り物めいた笑いを浮かべた。

「大崎、すみれ……？」

大崎すみれ、高校3年生、18歳。

彼女は国内最大手の通信事業者・大崎ホールディングスの社長令嬢であり。

そして、俺の元カノだった。

いや、結果からするとそこに恋愛感情など存在しなかったのだろうから、その呼び方が正しいのかは分からない。

ただ、知り合いと呼ぶには因縁《いんねん》深いし、友達と呼べるほど穏やかな関係ではない。どうにか表現する言葉を探した結果、元カノという言い方しか見つからないのは事実だ。

いや、もはや間柄の呼び方なんてどうでもいい。

とにかく、あの日突然俺の前から忽然《こつぜん》と姿を消したカノジョが、またしても突然、目の前に現れた。

「どうして、ここに……？」

「そんなの決まっているじゃない。あなたが、ヒラカワグループの後を継ぐと決めたようだから」

「後を継ぐわけじゃない。取り戻すんだ」

「……強情なプライドは変わらないのね。結果は同じことじゃない」

少し間があって、そう返事がきた。

相変わらず鉤爪《かぎづめ》みたいな言葉で引《ひ》っ掻《か》いてくるやつだ。昔はこれがいわゆるツンデレ的な感情表現の1つだと本気で思っていたのだから、当時の自分を殴ってやりたい。

……いや？　そうか？

「ていうか、俺がヒラカワの社長になれる前提で話をするんだな？　俺は子会社《ヴエリテ》の社長になるだけだけど？」

「あっ」

あっ？

「ヒラカワグループに所属する会社の社長になることは変わらないわ。それに、私を選びさえすれば、大崎ホールディングスはあなたをバックアップすることが出来る。その結果、あなたはきっとヒラカワの社長にもなれる。それだけの話よ」

「ああ、うん……。なあ、今、『あっ』って言わなかったか？」

「なんの話、かしら……？」

目を細めて俺を睨《にら》む。この人、本気でとぼけてる……！

「まあいいや……。とりあえず、俺の立場に興味があって参加したってことだな？」

「ええ、そうよ。他に何があるというのかしら？」

「そうか」

なるほど。だとしたら、それがそもそも3年前に俺に近づいた理由でもあったんだろう。

……それだって、当然と言えば当然だ。

呆《あき》れたような諦めたような、そんな気持ちで彼女を見ると、大崎の吊《つ》り目は俺をじっと見て、きゅっと身体を強《こわ》ばらせているように見えた。

「……どう思う？」

そして、謎の質問が飛んでくる。

「どう思うって？　何を？」

「私の参加動機を、に決まってるでしょう？　文脈を読む力がないのね、かわいそうに。机にかじりつくことで国語の偏差値は上げられても、コミュニケーション能力は人との生《なま》の会話からしか得られない能力だものね。仕方ないわ」

「すごい言ってくるじゃん……」

たしかに俺には友達がいない。『必要最低限の人脈』の中に一度はこの憎まれ口を叩《たた》く女子を入れたこともあったが、それすら失敗だったのだから仕方ない。

「まだ間に合うわ。これからの人生で、たくさん私と会話しましょう。そしたら自《おの》ずと力は付くわよ」

「え？」

「何かしら？」

大崎は俺をまた睨む。

「いや、『これからの人生』とか『たくさん私と』とか言うから……」

「あっ」

あっ？

「あなたの立場にしか興味のない私だけれど、一応あなたと結婚することを目的としてここに来てはいるのよ。配偶者であるあなたのコミュニケーション能力が欠如していては、私に見る目がないと思われるでしょう？　それだけのことだわ」

「ああ、うん……。なあ、また『あっ』って言っただろ？」

「あなた、熱でもあるんじゃないかしら……？　極度の緊張で空耳でも聞こえた？」

「またごまかそうとしてるし……」

そんなんだとまるで……と、あらぬ疑いをかけそうになる。

……いや、そんな期待こそが、自分の枷《かせ》になるのだ。

俺は彼女にも分からない程度に小さく首を横に振り、甘ったるい期待を振り払った。

「……平河くん、その……」

大崎はこれで緊張しているのか、胸元を押さえて俺に上目遣いで何かを言いかけるが、

「ん？」

「……なんでもないわ。また、お話ししましょう」

と、目を伏せた。


全員との挨拶が終わると、十条さんと一緒にスカイタワーの屋上に上がる。

18時を過ぎて、日は傾いている。

「屋上は、プールになってるんですね」

リゾートプールとでも言うのだろうか。

プールサイド（サイドと呼ぶにはそちらがメインというくらいの広さだが）には、バーカウンターやスタンドテーブル、デッキチェアや籐《とう》を編んで作ったようなソファが置いてあり、そこかしこにキャンドルが灯《とも》してある。さらに周囲には椰子《やし》の木のような植物が植えられていて、オリエンタルな雰囲気を醸《かも》していた。

「花嫁候補の皆様は先ほど別室で女性同士の自己紹介を終えて、部屋に荷物を置いて身だしなみを整えてからこちらへいらっしゃいます。その後、最初のドリンクパーティが行われます。そこでもう少し詳細なルール説明をさせていただきます」

「分かりました」

そんなことを言っている間に。

「わぁ、すっごぉーい！　りぃ感動！♡　あ、真一くんだぁ！　おーい！♡」

「ちょっと莉亜ちゃん？　真一に最初に声かけるのやめてもらっていいかな？」

「不可解です、咲穂さん。お兄ちゃんの一番を守ることになんの意味があるのです？」

「んっ、マノンちゃん、ナイス！　綺麗な景色で醜い争い！　逆に映《ば》えるわ！」

「あはは、醜い争いだって。渋谷は単刀直入だね。どう思う、平河？」

「ねえ、神田さん。外野面して、しれっと抜け駆けしないでもらえるかしら？」

声のする方を振り返ると、６人の女性が先ほどの着飾ったドレス姿のままやってきていた。

それにしても、改めて6人並ぶと壮観だ。

桃色、黒、白、赤、翡翠《ひすい》色、紫。それぞれのドレスと同じように、タイプは違えど、それぞれが世間一般で抜群に魅力的な女性なのだということは、俺でも分かる。

「皆様、どうぞあちらのドリンクカウンターでお好きなお飲み物を受け取ってください」

十条さんが指し示す方を見ると、木で出来た東屋《あずまや》のような屋根の下におしゃれなバーカウンターが。バーテンダーさんが何人か並んでいる。

十条さんを入れても8人しかいないというのに、この待遇はどうしたことだ。

俺の母親は、俺の花嫁探しに本気で遺産のほとんどを投じたらしい。そうまでして彼女が俺に社長を継がせたかった理由をどこかでしっかり考えるべきなのだろう。

なんにせよ、せっかくのパーティだ。気は抜けないが、ここで立ち尽くしていても仕方ない。飲み物を取りに向かうか、と思ったその瞬間。

「真一くーんっ！」

俺の右腕にぎゅっと抱きついてくる眩《まぶ》しい笑顔。

「何飲むぅ？　一緒に見に行こぉ？♡」

元トップアイドル・目黒莉亜だった。日も暮れつつあるというのに、至近距離から太陽光のような笑顔、俺は少しのけぞる。いや、ていうか、腕に感じた感触が想定外に柔らかく弾力があって、心臓が跳ねる。

美少女なのに胸まであるとか、神様も不公平なことをするもんだ……などと天国の方向に意識を飛ばすことで平静を装った。いや、それ昇天してるな？

「ちょっと莉亜ちゃん、わたしの幼馴染《おさななじみ》で未来の旦那さんに気安く抱きつくのやめてもらえるかな？」

頬《ほお》を膨らませる幼馴染・品川咲穂にもう片方の腕を取られる。

「何言ってるのかな？　んー？　りぃの未来の婚約者の間違いじゃない？♡」

「わたしたちはもう何年も前に婚約してるんだよ？」

「へぇ〜、小さい頃の約束を大事にしてるんだぁ！　咲穂ちゃんってメルヘンだね♡　頭の中もお花畑って感じぃ♡」

「そんな安い挑発には乗らないよ？」

ギンギンに目を剝《む》く咲穂。いや、がっつり乗ってるじゃん……。

視線を逃すと、舌なめずりをしてこちらを撮影している渋谷ユウ。

不機嫌そうに腕を組んでこちらを睨んでいる大崎すみれ。

バーカウンターで頼んだのか、一足先にドクターペッパーを飲んでいる平河舞音。

そして。

「平河、何飲む？　忙しそうだからあたしが持ってきてあげようか」

余裕な微笑《ほほえ》みを浮かべて声をかけてくる神田玲央奈。

「ちっ……」

そんな彼女を見て、一瞬俺の右側から舌打ちが聞こえた気がした。

「莉亜？」

「なぁに？　真一くん？♡」

「あ、いや、なんでもない……」

絶対舌打ちしたじゃん、怖いよ女子……。

そんなこんなでバーカウンターでそれぞれ飲み物を手にした俺たちのもとに、十条さんがやってくる。

「それでは、今後の流れを簡単に説明します。質問があれば適宜聞いてください」

「ハーイ！」

ユウがスマホを構えた手とは逆の手を挙げながら、代表して返事してくれる。

「皆様にはこれから、ここ、六本木スカイタワーを拠点に共同生活をしていただきます。こちらをご覧下さい」

十条さんがそう言って指をパチンと鳴らすと、プールの上に、六本木スカイタワーの３Ｄホログラムが投影された。

「何これっ！　すごい！」

ユウが興奮しながらそちらにスマホカメラを向ける。

「ここ、六本木スカイタワーには、皆様のお部屋のほかに、こちらのリゾートプール、サウナ＆スパ、ライブバー、カフェ、プレイルーム、ライブラリなど、いわゆる高級ホテルにあるようなものは全てご用意がございます」

言葉と同時に、ホログラムスカイタワーの各所から線が出てきて、どこに何があるかが図示された。

「このプログラムのためだけに運営するには、さすがに豪華すぎると思うのですけれど……。何か裏があるのでしょうか？」

大崎が挙手して質問をすると、「ご質問ありがとうございます、大崎すみれ様」と十条さんが頷《うなず》く。

「ご懸念、至極ごもっともです。こちらの設備は恋愛留学の期間は皆様の貸切ですが、来年以降、結婚式も執り行えるようなＶＩＰ向けの貸切ホテルとして開業する予定です」

「では、私たちは試用《トライアル》を兼ねていると？」

「おっしゃる通りです。ご理解が早くて助かります」

なるほど。結婚式場とホテルはたしかに密接な関係がある。

「今回、皆様のスマートフォンからはＳＩＭカードを抜き取らせていただいております。その上、スカイタワーの61階から屋上には Wi-Fi も通じておりません。ホテルの中では、私《わたくし》への連絡用の内線通話システムだけはありますが、皆様同士では直接対面のみのコミュニケーションをお願いしております。他に、情報を知りたい場合はライブラリにある新聞やデータベースをご活用ください」

「データベースってなんですか？」

今度は神田が質問をする。

「国会図書館に匹敵するほどの、世界中の書物やネットの公開情報を集積した、ヒラカワグループが作った電子百科事典です。電子なので、適時情報は更新されていきます」

「へえ、退屈しなそうですね」

「全てを読み解くまでには一生かかっても足りないでしょうね。ちなみに、こちらのデータベースを含む留学中の基盤となるシステムは舞音様が作成なさいました」

「このちっちゃい子が⁉　へえ、すごいのね！」

「不可解です。体格と脳の出来はなんの相関もないのですよ」

頭を撫《な》でくりまわすユウの手から、不愉快そうに舞音が逃げる。

「では、実際のルール説明に参りましょう」

そっと固唾《かたず》を呑《の》む。

ここは大事なパートだ。どうやって彼女たちを見極めていくかが変わってくる。

「まず改めて確認ですが、この留学の目的は、真一様の生涯の伴侶を見つけることです」

ごくり、と俺以外のどこかでも、唾を飲み込む音が聞こえた。

「そのために、シーズンごとに1回のフラワーセレモニーを予定しております」

「シーズン？　フラワーセレモニー？」

「フラワーセレモニーとは真一様が一緒に過ごしたいと思った方に、花束《ブーケ》を渡す儀式です。こちらのフラワーセレモニー1回ごとに1人、花束を受け取ることが出来なかった方にはこの留学から帰っていただきます」

自己紹介の前に十条さんから説明があった通り、これは、1人ずつ脱落者を出すプログラムなのだ。

女性陣も参加時に聞いていた話らしく、いまさら「なんでそんなひどいことを！」と声が上がる様子もない。

「1回目のフラワーセレモニーまでをシーズン1と呼びます。その後は順番にシーズン2、シーズン3……と続きます。本日はシーズン1の説明だけをさせていただきます」

十条さんは、人差し指で空を指す。

「皆様には、今シーズンにて、合計5つのデートに向かっていただきます。まずはじめに、わたくし共が企画しました【グループデート】が2つございます」

「グループデートっていうのは、真一と何人かでデートをするってことですか？」

「そういうことです。今回冒頭2つのグループデートは、両方、真一様と3名ずつの合計4名でのデートとなります」

「第一印象を決めるデートってコトね。ここでメンバー紹介、と……」

ユウは動画の構成を考えているらしい。

「1つめのグループデートは神田玲央奈様、目黒莉亜様、渋谷ユウ様の3名様。2つめは、品川咲穂様、平河舞音様、大崎すみれ様の3名様と真一様で行っていただきます」

「1つめが『初対面グループ』で、2つめが『元々知り合いグループ』ってことかあ」

「明け透けに言ってしまうと、そういうことですね」

咲穂の相槌《あいづち》に十条さんが微笑む。

「それぞれで対決をしていただき、勝ち抜いた方には、それぞれ【追加《エクストラ》デート】の権利が与えられます。グループデートの直後、２人きりで過ごす権利です」

「２人きり……！」

場がにわかに色めき立つ。

俺と過ごすこと自体にどれだけの価値があるかはさておき、このプログラムにおいて、２人きりで話す時間があった方が、ことを有利に運びやすいということは分かる。

俺にとっても、彼女たちをより深く推し量る機会になるだろう。

「そして、２つのグループデートが終わったら、次に、２つの【１on１デート】に行っていただきます」

「１on１デート？　今度は、真一と２人きりで、っていうことですか？」

また咲穂が尋ねた。

「そういうことです。追加《エクストラ》デートとは違い、真一様が相手と行き先を考えます」

「あ、そうなんですか？」

「ええ、そうなんです。もちろんサポートはさせていただきますよ」

虚をつかれて素っ頓狂な声が出てしまった。

とはいえ、これは悪い話じゃない。なるほど、どうしても話が聞きたい相手がいればそこでじっくり話すことが出来るということだ。

「そして、1on1デートが2つ終わった後は、最後に【全員デート《オールスター》】を行います。こちらは、全員でのデートです。そこが真一様にアピールする最後のチャンスになります。こちらでは特に対決の予定はございません」

「全員！　撮れ高がありそうでサイコーね！」

「全員……。賑《にぎ》やかで疲れそうです」

ユウと舞音が正直すぎる感想を口にした。

「そして、また最後に六本木スカイタワーにて、【フラワーセレモニー】を行います。ここで、5名、残る方を真一様に選んでいただきます」

ということは、

「つまり、1名、この留学から帰っていただく方が、ここで決まります」

やっとここで1人目の脱落者が決まる、ということだ。

「ここまでが、シーズン1の流れです。何か、ご質問はございますか？」

2、3秒誰も声を発さないことが分かると、

「大丈夫みたい！」

と、またユウが返してくれる。

脱落者の話が出て、重い空気になるかと思いきや、女性陣の顔はあっけらかんとしたものだった。

「では、ドリンクパーティに戻りましょう。真一様、乾杯のご発声をお願いいたします」

「えーっと……」

話すのは得意ではない。ただ、多くの経営者、リーダー格の人材がこういった場で短い話をする様子を、パーティなどで何度か見てきた。

俺も、経営者を目指すなら避けられないことだろう。

大丈夫、俺なら出来る。出来なければいけない。

この留学の行く末を占う、大切な第一声だ。

「か、かか、きゃんぱいっ！」

……仕方ない。次頑張ろう。

第3章　アイドル、女優、インフルエンサー in 遊園地

「か！　し！　き！　り！　サイコーだわ!!」

ここが世界の中心だと言わんばかりに、インフルエンサー・渋谷《しぶや》ユウが叫びながら動画を撮っている。

「ご機嫌だなあ、渋谷は」

「無駄なカロリー使ってるねえ？　お腹空《なか》いちゃうよぉ？」

恋愛留学《れんあいりゅうがく》用の制服を着た女優・神田玲央奈《かんだれおな》が余裕の笑顔を浮かべ、同じ制服をおしゃれに着崩した元アイドル・目黒莉亜《めぐろりあ》が省エネを促す。

「そういうスカした態度がカッコイイと思ってるなら、今すぐ改めるコトね。この留学はこういう普通じゃない経験がたくさん待っているのよ！　楽しまなきゃ損じゃないっ！　ねえ、シン？」

「お、おう……」

カメラを向けられた俺は、よそへ視線を逃がした。

「って、あんた、汗だくじゃない。どうしたの？」

「ああ、気にするな。暑いだけだ」

……もちろん、暑いだけではない。

この汗は極度の緊張がもたらしている冷や汗だった。

まず、男子校在学中の俺としては、女子３人とデートというだけでも荷が重い。

その上、ここはディアスリーランド。

東京ドーム約11個分の広さを誇る日本最大級の遊園地でもあるこの場所は、デートの登竜門であり鬼門でもある魔のテーマパークだ。ここで初デートしたカップルは別れるという都市伝説もある、女性とのコミュニケーション能力や相性が最も試されるスポットなのだ。だからこそ十条《じゅうじょう》さんが選んだのもここなんだろうけど……。

もちろん、俺がここですべきことは、能天気にデートを楽しむことではない。

ヴェリテの社長、ひいてはヒラカワグループのトップになるべく、離婚せずに生涯を共に出来る相手を見つけるために、俺はここにいる。

つまり、デートをしながらも、彼女たちの中から生涯のパートナー――『利害が一致する相手』を見極めないといけないのだ。

「真一《しんいち》くん、タオル使うー？♡」

だらだらと汗をかく俺の前に、純白のタオルハンカチが差し出される。

差し出し主を見ると、にこーっと、莉亜が百万点の微笑《ほほえ》みを浮かべて俺を見上げていた。

さすが1億人を虜《とりこ》にしたアイドル……！

「あ、ありがとう……！」

「あれ、顔赤いよぉ？　熱あるのかなぁ？♡」

「うおっ⁉」

ごくごく自然な仕草で俺のおでこに自分のおでこをくっつけてくるので仰天するものの、当の莉亜自身はそんなことも気にしていない様子で、

「りぃも同じくらいの熱さだからよく分かんないやぁ。えへへ」

と笑う。元々沸騰しかけている頭がやかんみたいに音を立てそうだ。

これ以上攻撃されたら熱中症になる……！　と脳がアラートを鳴らしたその時。

「あ、ジュウジョーさん！」

救いの女神、十条久美《くみ》さんがどこからともなく現れた。

一通り挨拶を終えてから、こほんと咳払《せきばら》いをする。

「さて、それでは早速、こちら、ディアスリーランドでの勝負内容を発表します」

「待ってました！　さぞかし面白い勝負なんでしょうねっ？」

「ご期待に添えるといいのですが」

十条さんが少しだけ微笑む。

「なんだろぉ？　『一番可愛《かわい》い人が勝ち』とかだといいんだけどなぁ」

「あはは。さすがの自信だ。でも、それだとディアスリーにまで来た意味がないかな」

十条さんは、こほん、と軽く咳払いをして、勝負の内容を発表する。

「本日18時までに、どなたが一番、真一様のハッピーホルモンを分泌出来るかを勝負していただきます」


「ハッピーホルモン……？」

神田が顔をしかめ、首をかしげる。

「人体に幸福感を与えるホルモンのことです。安心・安定感を感じた時に分泌される『セロトニン』、何かを達成した時に分泌される『ドーパミン』、そして、人との繋《つな》がりがもたらす『オキシトシン』の3つと言われています」

「せろとにん、どーぱみん、おきしとしん……。何回聞いても覚えられないやぁ」

莉亜が眉間にしわを寄せて指を折っている。

「とにかく、真一様が幸福を感じる状態にすればいい、とだけ覚えていただければ。皆様にお渡ししているスマートウォッチは弊社の試作品で、ハッピーホルモンの分泌量が測れるものとなっています」

「へえ、試作品！　どうりで見たことない形してると思ったわ！」

ユウが声をあげて自分の右腕にしたスマートウォッチにカメラを向ける。

「真一様に渡したスマートウォッチがハッピーホルモンの分泌を検出した時に、一番近くにいる人にその分泌量の分だけポイントが加算されていきます。18時の時点で最も多いポイントを獲得した人……つまり最も多くのハッピーホルモンを分泌させられた方の勝利となり、その方が、追加《エクストラ》デートの権利を得ます」

「一番近くにいる人っていうのは、このスマートウォッチ同士の距離ってことですよね？」

神田が聞くと、「その通りです」と十条さんが頷《うなず》く。

「じゃぁ、真一くんは左腕にスマートウォッチをしてるから、左隣にいる人が有利ってことですかぁ？　右に立ってるか左に立ってるかで得点が変わるのってなんか変な感じ」

莉亜がそう言いながら、俺の左腕に抱きつく。その柔らかな感触に俺の心臓は一向に慣れる様子がない。

「そういった望まない誤差を防ぐため、真一様のスマートウォッチから1メートル以内は同距離と判断します。2、3人が同距離にいる時にハッピーホルモンが分泌された場合は、ポイントは同距離にいる2、3人に等分して配分されます」

「ふぅん？　でもぉ、どっちにしても、ずっと真一くんにくっついてるのが、一番有利ってことだよねぇ？♡」

「概《おおむ》ねその傾向にあるかと思いますが、一点注意事項があります」

　十条さんは人差し指を天に向ける。

「ストレスホルモンが分泌されると、その分は一番近くにいた方にマイナスポイントが発生します」

「すとれすほるもん……って、なんですかぁ？」

「シンの一番近くで不快なコトをしたら減点されるってコトよ。理に適《かな》ってるわ。例えば、リアが『サービスだよぉ♡』とか言ってシンの眼球を舐《な》めるとかしたら、ストレスポイントで減点される、ってコト」

「ユウちゃん、すごい発想するねぇ!?　りぃ、そんなことしないよ!?」

「どうかしら？」

　ユウがニタニタと笑い、莉亜が頬《ほお》をぷくぅっと膨らませる。眼球はやだな……。

「それでは、これから課題スタートです。15時頃、園内のモニターにて、中間発表を行います。先ほどのルールさえ守っていただければ、何をしていただいても構いません」

ルール説明を聞きながら、俺は、このデートですべきことを考えていた。

彼女たちの誰となら離婚せずに一生を終えられるのかを推し量るために、今回の初対面組とのデートで見極めないといけないことは、大きく2つ。

『それぞれの目的の真偽』と、『それが未来永劫《みらいえいごう》続くものか』だ。

ハッピーホルモンとやらはきっと、一時的な興奮や喜びによって分泌されてしまうものだろう。『一緒にいて楽しい人かどうか』とやらを測ることは出来るのかもしれない。

それが恋人にとって重要な要素だということも、結婚生活にもある程度は欠かせないということも分かる。

でも、結婚はエンターテインメントじゃない。一時的に楽しければいいというものではないはずだ。

だから、楽しいかどうかの判断は俺の身体から出るハッピーホルモンとやらに任せるとして、俺は俺で、彼女たちのことをもっとよく知ることに集中したい。

ただ、それには、このルールの穴というかなんというか、とにかく1つ大きな問題があるわけだが……。

「1つ、提案があるわ！」

俺が考えている間に、ユウが高らかに手を挙げた。

「みんなでシンに引っ付いて回っても、結局最後まで同じポイントしか入らなくて、同着になっちゃうわ。それって無意味じゃない？」

「うん。それは、そうかもしれないね」

神田が応じる。

「だから、1人1つずつ交代でシンと2人きりで乗るアトラクションを選びましょ！」

「いぃけどぉ、そしたら自分の番以外は外で待ってないといけないってことぉ？」

「他の2人は同じタイミングで乗る分にはいいけど、ポイント加算がないように、1メートル以上離れた席とか別のライドに座ることにすれば良いと思うの！　アタシは後ろから動画とかも撮りたいし。それでどうかしら？」

「分かったぁ。賛成……で大丈夫かなぁ？　真一くん？♡」

くいくい、と俺の左腕を引っ張ってくる。騙《だま》されている可能性はないのか、ということを、ある意味公平な立場の俺に聞いてきているのだろう。

「まあ、大丈夫なんじゃないか？」

「じゃぁ大丈夫ぅ！」

「あたしも問題ないよ」

なんだか、無条件の信頼がくすぐったい。

頬をかく俺はさておいて、ユウが満足げに頷く。

「じゃあ、ターンを決めるくじ引きをするわよっ！　ほら、1本選んで！」

そう言ってユウは、割り箸に数字の書かれたお手製のくじを3本取り出し、それぞれが1本を掴《つか》む。

「いくわよ！　王様だーれだ！」

「それは違くないか？」


くじ引きの結果、「りぃ、2番だったぁ」「あたし、3番」「つまりアタシが1番《ナンバーワン》ね！」

ということで、ユウ→莉亜→神田の順に乗るものを選べることになった。

まずは、ユウの希望で、イッツ・ア・ミニマム・ワールドにやってきた。舟に乗って世界中をめぐる、ゆったりとしたアトラクションだ。

「ユウちゃん、結構地味なの選ぶんだねぇ？」

「意外だね。それじゃ、行ってらっしゃい」

　すると、神田が入り口で手を振る。

「レオナ、あんたは乗らないの？」

「うん。ちょっと、次の自分の番以降のための秘策があるからね」

「秘策……？　何よ、それ？」

「あはは、言っちゃったら秘策にならないでしょ。ま、渋谷は楽しんでおいでよ。目黒はどうする？」

「りぃは行くよぉ。モト取らないと！」


　意外とゲンキンな理由でアトラクションに参加したアイドル・目黒莉亜は１人だけ別の舟（俺たちの前）に乗って、それを見送ってから俺たちは次の舟に乗り込むことになる。

「りぃ、なんか思ってたのと違う……」と首をかしげながら前方へとフェードアウトしていく莉亜。そりゃそうだろうな……。

「よいしょっと……」

　小舟に乗り込むなり、ユウは小型アクションカメラを前方の手すりに設置する。撮影に余念がないな。

「そういえば、ユウはどんな動画を配信してるんだ？　激辛カップ焼きそば食べてみました、とかそういうの？」

「それがシンの YouTuber のイメージなのね……。でも、そっか、あんたアタシの動画見たコトないんだっけ」

ユウは簡単に説明してくれる。

「アタシが体験した色んなコトをアクションカメラとか、自撮りとかで撮って編集して公開してるの。企画モノっていうよりは、外で撮ることが多いかもね」

「日常の風景みたいな？」

「非日常の風景、よ！　アタシの人生は毎日が非日常なんだから！　スカイダイビングとか、ほふく前進でダクトを進んでみたりとか……。ま、激辛カップ焼きそばは食べたけど。『非日常体験系 YouTuber』ってところね」

「へえ……」

ほふく前進でダクトはちょっと面白そうだな……。

「でも、じゃあ、ユウはどうしてこのアトラクションを選んだんだ？　結構まったり系じゃないか？　まだジェットコースターとかの方が非日常感ありそうだけど」

舟の外側で各国の住民を模した人形が歌うのを眺めながら質問する。

「決まってるじゃない。このアトラクションが一番長いからよっ」

「なるほど……おぅ⁉」

ふとそちらを見ると、文字通り目と鼻の先に、吸い込まれそうに大きな瞳があった。なんだか石鹼《せっけん》みたいな良い匂いがして、一瞬くらっと来たが、持《も》ち堪《こた》える。これしき、誘惑にすら該当しないだろうに。色香に惑わされて本質を見失うべからずだ。

「……俺を独占出来る時間が長いほど、ハッピーホルモンが出る時に自分がポイントを得られる可能性が高いからってことか？　それとも動画の素材を長く撮りたいとか？」

「どっちもちょっとだけ正解って感じね」

努めて冷静に返す俺に、ユウはそのままの姿勢で話を続ける。

「あんたがどんなやつなのか、もっと知っておきたいのよ。アタシたちが取り合うコトになっている『ヒーロー』だからね」

「なるほど、そういうことか」

視聴者の『美少女たちに取り合われてるコイツはどんなヤツなんだ？』という疑問を解消したい、ということだろう。それはたしかに番組的には重要そうだ。

「だから、色々聞かせてもらうわ。まず、シンはどうしてこの留学に参加したの？」

「ウェディングビジネスを足掛かりに、ヒラカワグループ全体の社長になるため。そのためには結婚が必要だったから」

「じゃあ、どうしてヒラカワグループの社長になりたいわけ？」

「それは……」

俺は少し逡巡《しゅんじゅん》して、彼女の輝いた目の期待していそうな言葉を返す。

「……日本一の経営者になりたいから」

「日本一！　あんたも良い目標持ってるじゃない」

ユウは満足げに頷《うなず》く。どうやら正解を引いたらしい。

正確には日本一ではなく、父親が現状日本一の経営者であるために、それを超えるには新しい日本一になるしかないということなのだが、彼との因縁《いんねん》を話したところで、理解してもらえるとは思えなかった。

「で、この留学を通して、どんな人と結婚したいわけ？」

「生涯レベルで利害が一致してる人」

「生涯レベルで？　利害？　何それ？」

「さあな」

生涯レベルで利害が一致するのが良いのは分かるが、それ自体がどういうことなのか、正直俺にはまだ分かっていない。俺にとっては、それを知るための留学でもある。

「ていうか、これ、あまり話すことでもないよな。ユウだけにヒントを与えるのは公平じゃないだろ。みんなでいる時にでも話した方がいいんじゃないか？」

「それじゃあ、わざわざ長時間のアトラクションを選んだ意味がないじゃない！」

「わざとかよ……？」

動画撮影にかこつけて、重要な情報を聞き出そうとしていたってことか？

「いいじゃない！　これは今日の勝負にも大切なコトなのよ。これからシンが一番楽しめるように園内を回る計画を立てるわけじゃない？　そのためには、シンの好きなものとか、苦手なものを聞いておかないと、でしょ？」

「そういうもんか？　こういうところの目玉のアトラクションってだいたい決まってるんじゃないのか？」

「何言っちゃってんの？」

俺の言葉に、ユウは呆《あき》れたように目を細める。

「あんたはそのパークの目玉だからって、絶叫系が嫌いな人にジェットコースターを勧めるの？　高所恐怖症の人に観覧車を勧めるの？」

そして、その人差し指を俺の胸元に突き立てた。

「シンはシンであって、その他大勢の一般人じゃないんだから。多数決でシンの好みが変わるわけじゃないでしょ？　アタシはあんたが一番楽しめるようにしたいのよ」

「おお……！」

不意に正論というか、ホスピタリティの塊みたいな言葉が飛び出してくるものだから、面食らってしまう。

「何よ、驚いた顔して。アタシをそこら辺のただのカワイイ女の子だと思ってたんじゃないでしょうね？」

「可愛《かわい》いのは認めるんだな？」

「当たり前でしょ？　自分のこと、カワイくて、カッコイイって誇れるように生きてるんだから。あ、当たり前だけど、外見の話じゃないわよ？」

「内面の話か？」

「生き様の話よ！」

そう胸を張って強気に笑う彼女はたしかに可愛いしかっこいい。

「だから、あんたをサイコーに楽しませるために、あんたの好きなものを教えてくれない？　好きなアトラクションとか、好きな食べ物とか」

その心意気は認める。

「でもやっぱり、それをユウにだけ教えるのは不公平だろ。清廉潔白《せいれんけっぱく》であれとまでは言わないけど、もしそれが作戦なら、少なくとも交換条件……つまり俺に対してのメリットの提示が必要だ」

「まどろっこしいけど、それもそうね……」

ふむ……と考えるような顔になる。表情がうるさいユウがたまに神妙な面持ちになると、やはりこの人も美少女なんだなと思わされる。

などと思ったのも束《つか》の間《ま》。

彼女はニッと歯を見せて笑い、ドヤ顔というかキメ顔というか、とにかく自信満々な表情で、

「教えてくれたら、」

たっぷり溜《た》めてから、言い放った。

「アタシが、あんたを一生幸せにしてあげるわ！」

「いや、そういう抽象的なのじゃなくて」

「うにゃっ⁉」

俺が即否定すると、まじでびっくりするユウ。なんでだよ。

「幸せにするって言ってるのに？　なんでダメなの？」

「漠然としすぎだろ。もっと具体的に、何か俺にメリットを提示してくれよ」

「うーん……。シンは何が嬉《うれ》しいわけ？　メリットに感じるものを教えなさいよ」

「それって最初の質問と同じことなんじゃ……」

「うあー！　面倒なこと言わないで！」

ユウが頭を抱えて叫ぶ。

「アタシはもっと単純なのがいいのよ！　アタシと一緒に来てよかったたって、シンに思ってもらいたいだけ！　これってそういう勝負なんでしょう⁉」

「……それは、そうかもな」

少なくとも3人にとっては、そういう勝負なのは間違いない。

「もういいわ。他の子に聞かれたら教えてもいいから！」

胸ぐらを摑《つか》んで引き寄せられる。

「とにかく今は、アタシにシンの好きなもの、教えなさい！」


「撮れ高はぼちぼちってところね！　でも、シンの傾向と対策が分かったわ！」

「りぃ、全然つまんなかったぁ……」

ぶつぶつ言いながら出る俺たちをアトラクションの出口で迎えてくれた姿があった。

「おつかれ、3人とも」

「か、神田、それ……！」

現役女子高生女優は、なんと、どこかの高校のジャージに身を包んでいた。

「どう？　似合ってるかな？」

「お、おお……」

エンジ色に白いラインが入っているだけの、機能性に振り切ったその衣装は、一般人なら野暮《やぼ》ったくなってしまうだろうが、さすが神田玲央奈。神々しいまでに似合っている。

「平河《ひらかわ》が好きかなって思ってロッカーの方で着替えてきた。どうかな？」

「な、なんで俺が好きって……！」

やばい。直視出来ない。

目を向けてしまえば、体操服特有の厚手のＴシャツを持ち上げているあの膨らみに視線がいってしまいそうだし、神田はそれを一瞬で見抜くだろう。

視線を逃す俺の顔を、背中で手を組んだ神田がイタズラな表情で覗《のぞ》き込んでくる。

「平河って、中高一貫の男子校でしょ？　あたし、人間観察っていうかプロファイリングの真似事《まねごと》を、演技のために勉強をしてたことがあってさ。それで、男子校の生徒が一番好きなコスチュームは、女子の体操服かなって。違う？」

「それは、たしかに……」

街を歩けば、制服の女子を見かけることはある。だが、中高一貫の男子校生にとって、体操服の女子というのは、街で見かけることすら珍しい、神格化された存在なのだ。

共学校に通う男子の中には、『ジャージは芋っぽいんだよなあ』などと言うやつがいるらしいが、あいつらは何も分かってない。

「そして、こういう袖が好き。違う？」

彼女はジャージの袖で手のひらを少し隠して見せてきた。

「も、もえそで……！」

「あはは、こんなに結果が目に見えるとなんだか達成感があるね。この服で参加したら、あたしは一歩リードかな」

「ありがとうございます……」

「あはは、なんかお礼言われてる」

策が成功したからか、したり顔で笑う神田の横で、

「いやぁ、なんていうかぁ……」

「シン、あんた、サイコーに気持ち悪いわ……！」

めちゃくちゃドン引きしている2人がいた。こいつらも何も分かってないな。

「ていうかちょっとぉ！　次はりぃの番なんだけどぉ！　玲央奈ちゃん、余計なことしないでよぉ！」

「あはは、ごめんごめん。ここまで効果があるとはあたしも思わなくて」

「ほらぁ、行くよぉ、女子の体操服好きの変態くん！」

莉亜は俺の腕を取って、頬《ほお》を膨らませて歩き出す。


ということで、息巻いた莉亜と一緒にジェットコースター型のアトラクション、ビッグライトニングマウンテンに乗ったのだが。

「真一くん、だいじょうぶぅ……？」

「ああ、すまん……」

俺が情けなくもコースター酔いをしてしまい、出る直前の冷房が効いているベンチに座って少し休憩することになった。

「ねぇ、ストレスホルモン出てるぅ……？」

「だろうな……」

「だよねぇ……」

莉亜は顔をしかめた。そりゃ、ジェットコースターというパークの花形を選んだのに、それが仇《あだ》になった形だ。３人に１回しか回ってこないタイミングでマイナスポイントを加算してしまったとなっては、焦るものだろう。

「コースターが苦手だって、自分でも知らなかったんだ。すまん」

「真一くんは悪くないけど、でも……どぉしたら……んーやっぱり……」

そう言いながら莉亜は、俺の左ももの上に右手を置く。

慣れない感触に、反射的に身体がぴくりと反応してしまい、

「……お？♡」

それを彼女は見逃さなかったらしい。

何を思ったのか、もう片方の手も添えて、マッサージするみたいに揉《も》んでくる。

「お、おい、莉亜……」

「真一くん、気持ちいい？♡　ハッピーホルモン、どばどばーって出てるぅ？」

「い、いや……」

たじろぐ俺を助けるようなタイミングで、

「ちょっと！　コースターが止まったの見えてるわよ！」

「お。平河と目黒、もしかして、お楽しみ中だった？」

ユウと神田の声が聞こえた。どうやら、出口から逆流して来たらしい。

「あーあ。ハガシの人来ちゃったぁ、残念♡」

莉亜は言葉とは裏腹に、舌なめずりしながらその手をぱっと離す。

「それで、次はレオナの番だけど。何に乗るわけ？」

出口付近で、ユウが神田に問いかける。

「うーん。あたし、ここに来たの初めてで、どれが２人乗りかさっぱり分からないんだよね。なんか演技とか見られて、涼しいのが良いんだけど。何がいいかな、渋谷？」

詳しくない割には、よくさっきのイッツ・ア・ミニマム・ワールドの出口が分かったな。

ユウは「難しいコト言うわね……」ともごもごしてから、何かを思いついたみたいにニヤッと笑って、オススメを口にする。

「『ホーンテッド・パレス』とかいいんじゃない？　キャストもかなりの演技派よ？」

「演技派？　へえ、良さそうだね。それにしようかな」

「２人で行ってきなさい。別ライドだと動画も撮れないタイプのアトラクションだし、アタシは何か次に連れて行くところをリハーサルするわ」

「りぃもそうするぅ♡」

ユウのニヤリ顔と莉亜の上機嫌さが妙に引っかかったが、神田は意に介さなかったらしく、２人きりでホーンテッド・パレスに乗ることになった。

並んでいる人がいないから、するすると入り口までたどり着く。やけに陰気なスタッフが暗い顔をして「ようこそ、私共の宮殿へ……」と、出迎えてくれた。

「なんかここのスタッフ、やけに顔色悪くないか？　さっきまで会ったスタッフは全員ハイテンションだったのに。……って、そうか」

自分で言ってから、俺は思い当たる。『ホーンテッド（Haunted）』ってたしか、『幽霊に取り憑《つ》かれた』的な意味だった。

つまり、ここは。

「なるほど、お化け屋敷だからってことか」

「……なるほど、してやられたね」

その言葉に反応して、神田が額を押さえる。

「神田？　どうした？」

「ああ、うん……渋谷の策にはめられちゃったなって。そもそも、お化け屋敷って、恐怖感っていう一種のストレスを楽しむものだから、ハッピーホルモンが出るってことはないでしょ？　むしろマイナスポイントが生まれる可能性すらあるってことだよ」

「たしかに……」

「ねえ、平河。引き返さない？　あたし、実はお化け屋敷って……」

　神田は額に脂汗を滲《にじ》ませ、頬を引きつらせて、来た道の方に後退《あとずさ》りする。が、ちょうどその時、ギィイィー……バタン、と、入ってきた大きな木製の扉が閉まった。

「出られなくなった……」

「……ようこそ皆様おいでくださいました。ここはホーンテッド・パレス……。わざわざこんな辺鄙《へんぴ》なところにある、呪われた宮殿まで来るなんて、お客様は本当に酔狂なお方ですねえ……」

「呪われてるなんて知らなかったんだもん……！」

　やけに子供っぽい話し方になる神田。陰気なスタッフが語りを続ける。

「……それでは、この先へ進んでください。……もう、会うことはないと思いますが」

　入ってきたのとは別の扉が開き、そちらに進みながら、神田が呟《つぶや》く。

「よくもまあ、怖いセリフを怖い演技で言えるもんだね……。女優にでもなったらいいんじゃないかな、あの人」

「神田玲央奈のお墨付きはすげえな……」

「……ねえ、平河。なんかこういうの、あざといって言われちゃうかもしれないし、あたしのキャラでもないんだけど……」

　神田は、涙目で俺の左腕にしがみつく。

「こうしてても、いい……？」

演技の可能性があると分かってても、相手は国民的美少女だ。彼女の潤んだ上目遣いでのそのセリフはさすがにちょっとクるものがあって、

「……分かったよ」

と、なんとか一言絞り出すのが精一杯だった。

『ホーンテッド・パレス』は、蓋を開けてみれば、お化け屋敷というには全く怖くないアトラクションだった。

暗がりの中を進むライド。そこに様々な陽気な幽霊がやってきて、「ハロー！」とか「ヨーホー！」とか言ってくるだけだ。

それでも神田は、俺の左腕にぎゅっとしがみついたまま。

「さっき言いかけてたけど、神田ってこういうの苦手なのか？」

「……まあ、得意ではないかな。あたしの映画デビュー作、知ってる？『怨念少女《おんねんしょうじょ》』っていうんだけど」

「ああ、ホラー映画の」

そういえば、彼女は少女の幽霊役で脚光を浴びたんだった。

「そう。あの作品、実は、キャストにいなかった女の子が映ってて、脚本にないセリフが聞こえるんだよ。『助ケテ……』って。ホラー映画の中に紛れ込んだノンフィクションの心霊映像ってことで、ちょっと話題になってね。それ以来、幽霊って苦手で……」

「なるほどな……」

「そうだ、平河」

「ん？」

ぷち、という音と同時に、手首が少し軽くなる。

スマートウォッチを外されてしまったらしい。

「この方がいいと思うんだ。平河がストレスを感じたとしても、あたしのマイナス得点になるのって渋谷にはめられたあたしとしてはちょっと納得いかないし、もし平河があたしとくっついててハッピーホルモン出したとして、そういう色仕掛けみたいなのってなんだか不公平でしょ？　ルール的には問題ないはずだけど、平河的には望ましくないっていうか」

「うーん……」

半分は頷《うなず》ける部分があり、俺は少し考える。

いや、でも。

「……ダメだな」

俺が首を横に振ると、「そっか、分かった」と言って、彼女はまた俺の左手首にスマートウォッチをつける。

提案した割に素直に従うんだな、と思ったその時、神田の真意に気付く。

暗がり。恐怖。やけに細かい条件。

「……さすがは名女優だよ」

俺は呆《あき》れ顔で彼女の左手首を摑《つか》む。

「……あ」

そして、暗がりの中、彼女を見つめた。

「神田。1つ、取引をしよう」


その後、3人と順繰りにアトラクションに乗った。

中でも、ユウのコーディネート力には目を見張るものがあった。

ただ単純にアトラクションに乗るだけではなく、アトラクションの裏ストーリーみたいなものを教えてくれたり、写真を撮るならここに立つといいとか、何番目の席だと水がかからないとか、逆にかかるとか、そういったことをガイドしながら回ってくれた。

「どうしてそんなにガイドが上手《じょうず》なんだ？」

　遅めの昼食を4人で食べている時にそう聞くと、

「ディアスリーは日本一の映《ば》えスポットだからねっ。何回も来て、その度に色んなコトを試しているのよ」

　とのこと。さすがインフルエンサーは違う……。

「地力には敵《かな》わないね。あたしと目黒は職業柄あまり来たことないから、ちょっと不利なんじゃないかな」

「そぉだねぇ……。りぃは、一回だけお仕事で来たことあるけど」

「そうなんだ？　どんな仕事？」

「フィッピー君とフィニーちゃんと一緒に踊る仕事ぉ」

「何それ！　リア、あんた、すごい体験してるのね！」

　前のめりに食いつくユウ。良いやつかよ。


　中間発表の行われる15時前、園内のメインモニターの前に戻る。

　体感的には、1位はユウかなと思っているのだが……。

　3人が固唾《かたず》を呑《の》んで見守る中、3人の現在持っているポイントが表示された。

目黒莉亜 様　：400
神田玲央奈 様　：1200
渋谷ユウ 様　：1000

「玲央奈ちゃんが1位⁉　どぉやったのぉ……？」

「あたしも本当に驚いてる。1位は渋谷だと思ってたから……。でも、だとしたらその理由って……」

俺は自分が情けなくてうなだれる。

「真一くん、どんだけジャージ好きなのぉ……⁉」

「口ではアタシが良いみたいなコト言ってたのに、身体は正直ね……！」

ユウ、言い方！　と思うものの、事実なのでツッコめない。

「……そろそろかなぁ」

ぼそり、と莉亜が口にする。

「目黒？」

「……あ、なんでもない！　次はりぃの番だねぇ！　取り返さなくっちゃぁ！」

取り繕うように笑顔になる莉亜。

そこで俺は、そっと挙手をして提案した。

「一旦、買い物とトイレに行ってもいいか？」


買い物をするために売店に寄ってからトイレから出ると、神田がそこで待っていた。

「ユウと莉亜は？」

「渋谷は、『次のアトラクションをどこにするか、選んでくるわっ』だって。目黒も『行き方を確認してくるぅ』って一旦出ていったよ」

神田が2人の声と話し方を真似《まね》て教えてくれる。

「さすが女優、そっくりだな……」

「伊達《だて》に経験を積んでないよ」

「無駄に成果を発揮してんな」

軽口を叩《たた》いてから、

「そうか、じゃあ……頑張って」

神田は入り口のあたりを指し示すと、

「お姫様が迎えに来たよ」

莉亜が戻ってきていた。

莉亜は自然と俺の手を引いて歩いて行く。

「なあ、どこに行くんだ？」

「りぃじゃないと連れていけないところ♡」

「そんなアトラクションあるのか？」

「えへへ、アトラクションじゃなくてねぇ。りぃ、実は、バックヤードの入り方知ってるんだぁ。りぃ、玲央奈ちゃんと一緒で表を堂々と歩いたら大変なことになっちゃうから、キャスト……フィッピー君とかフィニーちゃんの中の人が使う、他の人に見つからない経路を知ってるの」

「ほう……」

なるほど、そうきたか。実際、単純に興味はあるな。

ちなみにフィッピー君とフィニーちゃんというのは、ディアスリーランドを統べるウサギのキャラクターのことだ。

「ちょうど、ここから入るんだぁ♡」

莉亜は、トイレの脇のレンガで出来た壁の前に置いてある、使っていないポップコーンのワゴンをガラガラと押しどかす。

「ん？」

「ここからがすごいよぉ♡」

莉亜が、なんの変哲もなく見える壁の一部、ほんの少しだけ黒ずんでいるレンガの真ん中あたりを押すと。

「おおっ……!?」

そこはギリギリ1人が入れるくらいの隙間が一瞬だけ開いて、すぐ閉じた。

この一瞬で滑り込めということらしい。

「隠し扉ってことか？」

「そぉ、すごいでしょぉ？　じゃあ、先に真一くん入って？」

俺は唾を飲み込んで、レンガを押して入る。すると、すぐ後から莉亜が入ってきた。

「おお……！」

「びっくりしたぁ？」

そこは、バックヤードの通路ではなく、楽屋のようなところだった。ちょうどこの向こう側が舞台になっているらしい。舞台に通じる扉は固く閉ざされている。

楽屋には、電球に囲まれた鏡と椅子が数脚。そして、机の上には鍵が置いてあった。改めて扉を見てみると、鍵穴がついていることに気付く。

どうやら、内側から鍵を使って鍵をかける構造になっているらしい。たしかに、外側には鍵がなかったから、誰かが入った後は内側から鍵をかける必要があるよな。でないと、偶然にあのレンガを押した人がこの場所の存在を知ってしまう。

「さすが、考えられてるんだなあ……」

「だよねぇ、りぃもそう思う♡」

そう言いながら莉亜が鍵を手に取る。

「いや、本当にすごいな……」

俺がアホみたいな顔をして感想を口にした、その時。

かちゃり、と音がした。

「……莉亜？」

「閉じ込めちゃったぁ♡」

莉亜は、鍵をちらちらと見せてから、その鍵を自らのシャツの中――その豊かな胸の谷間――にしまった。

「は？」

「ねぇ、真一くん？　りぃと5秒間お話するのに、いくらかかるか知ってる？♡」

怪しく、やけに艶《なまめ》かしく微笑《ほほえ》んだ莉亜がにじり寄ってくる。

「は？　5秒？　いきなりなんだ？」

「1500円かかるんだぁ♡　んとね、5秒の握手券を1枚手に入れるのに、CD1枚買わないといけないから」

そして、その豊かな胸を押し付けるように、身体を正面から密着させて、俺の胸元を人差し指でなぞる。

「ねぇ、真一くん？♡」

莉亜はそのまま俺の胸に手を当てて、じっと至近距離で見つめてきた。

「スキンシップでも、ハッピーホルモンって出るよねぇ？♡」

「ああ、うん、それは、多分そうだけど……」

「だからねぇ、」

高鳴る心臓。歯止めが利かなくなってくる。

「ナンバー1アイドル、目黒莉亜のファーストキスをあげる♡」

「き、キス……!?」

「想像してみて、真一くん」

莉亜は自分の唇に人差し指を当てて、強調する。

「これまで何百万人がいくら積んでも手に入れられなかった目黒莉亜のファーストキスを、真一くんにあげる。最終的にりぃのこと選んでくれたら、その先だって……ね？♡」

「なんで、そんなこと……」

「これからすることがどれだけ価値があるか、真一くんに知ってもらってからの方が、ハッピーホルモンがたくさん出るでしょぉ？♡」

至近距離にある唇、身体に伝わる感触。

脳がとろけそうになる。理性が輪郭を失ってこの熱気の中でドロドロでネバネバに液状化していくのを感じる。

きっと、このまま受け入れてしまえば、正直な俺の身体がハッピーホルモンとやらを大量に分泌してしまうのだろう。

いや、むしろきっと、現状でもきっと大量に分泌されてしまっているのだ。

だが、俺は、

「……それはダメだ」

ここにそういうことをしに来たわけじゃないんだ。

「……え？」

俺は、結婚相手を探しに来た。

離婚せずにずっと一緒にいられるような人を、ここまで探しに来たんだ。そして、一番腹の中が探れなかった莉亜と2人で話せるタイミングで、俺がするべきことは、スキンシップなんかじゃない。

「……なあ、莉亜。せっかく2人になったんだ。話をしよう」

「話……？」

莉亜が眉間にしわを寄せる。

「ちゃんと聞きたかったんだ。どうして莉亜はそこまでして勝ちたいんだ？」

「好きだからだって言ったはずだけどなぁ……？　アイドルを辞めてまで来たりぃにそんなこと聞くのぉ？」

「ああ。莉亜の本当のところが分からなくて。俺のことが好きだからだって言ってくれるけど、でも、俺のことを好きになってくれる意味が分からない。俺たち、会ったこともないんだぞ？」

「会ったことなくても、りぃにガチ恋してくれてる男の子、たくさんいるよぉ？」

暖簾《のれん》に腕押し。かわされてしまう。このままじゃダメだ。

仕方ない、作戦を変えよう。

汗ばむ手でそっと、彼女の両肩を摑《つか》む。2秒瞑想。

「……じゃあ、莉亜は、俺のこと、どのくらい好きでいてくれてるんだ？」

「どのくらい？　いっぱいだよぉ？♡」

「へえ、じゃあ、俺にどこまで許してくれる？」

「どこまで、って……。そ、そんな……恥ずかしいよぉ♡」

莉亜の表情に焦りが生じたのを、俺は見逃さない。

「好きなら、キスよりも先だって許してくれるよな？　さっきそう言ってたもんな？」

「も、もちろんだよぉ？♡　……え、キスより先って……何、かなぁ？」

「む……」

少し口ごもってから、勇気を出して告げる。

「……胸に触る、とか」

「はぁ？」

一瞬虚をつかれたような顔をしてから、莉亜はにへ、と笑顔を取り繕う。

「……って……えっと……今？♡」

「ああ、今だ」

汗ばんだ肩、俺の方も盛大に手汗をかいている。

「なあ、いいだろ？　ほら、いくぞ」

「ちょ、ちょっと……焦らないで？♡　ほ、ほら、りぃ、キ、キスしたいなぁ！♡」

「俺は胸がいいんだ」

「え、えっちだぁ……やっぱり変態くんだったんだぁ……」

引かれてる。仕方ない、仕方ないんだ……。

「どうしてだ？　今さっき莉亜から言ってくれたんだろ？」

「そ、そぉだけどぉ……！」

震える肩は、甘酸っぱい緊張ではなく、純粋な怯《おび》えだと感じられた。

……当たり前だ。ある意味言質《げんち》を取った形になる。

俺は、そっと彼女の胸元に手を差し伸べる。

「んんっ……！」

甘い吐息と共に強《こわ》ばる身体。

「ねぇ」

そして、潤んだ瞳が俺を見て、覚悟を宿した眼光と共に口にする。

「……触らせてあげたら、最後まで選んでくれる？」

……ごめん、莉亜。

俺は意を決して、彼女の胸元に手を突っ込む。そして。

おそらく目を血走らせながら、鍵を取り出した。ギリギリ触ってない！　触ってないぞ！

「……はぁ？」

俺は彼女から距離を取る。いや、俺の心臓がもたないから!!

「う、嘘《うそ》でしょぉっ……!?　ありえない！　鍵取るために騙《だま》したってことぉ!?　普通、そんなことする!?」

『普通、そんなことする!?』はこっちのセリフだっての！」

自分を抱くようにして俺に抗議の涙目を向けてくる目黒莉亜。それは普通ならかなり扇情的な光景だろうが、今はそれどころじゃなかった。

「莉亜が本音で話してくれないなら、俺はここから出る！」

「ま、待ってよぉ！」

俺はそっと鍵穴に鍵を挿して抜いた後、扉を押した。

だが。

「は？」

「え？」

……その扉は、うんともすんとも言わない。

「……開かない」

「えっ……!?」

莉亜が扉に駆け寄って、扉を押す。

「本当に開かないじゃんっ!?」

先ほどまで「閉じ込めちゃったぁ♡」などと言っていた莉亜だが、一転して閉じ込められた形になってしまった。

「嘘でしょぉ……?」


「……最悪ぅ」

1時間ほど経《た》っても、まだ俺たちは閉じ込められたままだった。

あの後扉を叩《たた》いたり大声を出したりしてみたものの、どうやらかなり分厚い扉になっているらしく、外に声が届いている様子はない。

そもそも俺と莉亜の他には、十数人のスタッフと十条さんと神田とユウしかいないのだ。

通常営業時ならばいざ知らず、貸切状態で、こんなどん詰まりの場所にわざわざスタッフが来るとも思えない。

どうやら、この扉は内側からは開かない構造になっていたらしい。

ただ、入ってくる時には外からは開けられたわけだから、外の誰かが気付いてくれたらきっと、助けてもらえるはずだ。ていうか、そう願うしかない。

「暑すぎるぅ……」

「そうだな……」

今は8月。空調は本部的なところで管理をしているのか、使っていない楽屋は蒸し風呂状態になっていた。

さっきまでつんけんした態度を取っていた莉亜も暑さには勝てないのか、机につっぷしてぐたーっとしていた。汗だくのシャツに下着が透けていて、俺はそっと視線を逃がす。

「俺たち、このままここで死ぬのかもな」

「嘘だろぉ……」

この非常時になっても甘ったるい語尾は変わらないところを見ると、これは素の部分らしい。……ちょっとだけ粗暴な口調になった莉亜に不覚にも若干萌《も》えてしまった。逆のギャップ萌えってやつか。

俺はスマホを取り出して、これ見よがしに画面をタップする。

「何してるのぉ？　ＳＩＭは入ってないから誰とも連絡取れないよぉ？　頭おかしくなったのぉ？　馬鹿なのぉ？」

前言撤回。言いすぎだ。

まあ、そこに食いつく素直さはありがたくはあるが。

「遺書を書いてるんだよ」

「……遺書ぉ？」

俺は頷《うなず》く。

「俺が死んでも、遺書があれば、その……伝えたかった気持ちとか伝わるだろ。莉亜はないのか？　遺《のこ》しておきたい言葉とか、その相手とか」

「りぃは別に、……え、書いておいた方がいいかなぁ？」

「別に脱出出来たら消せばいいだけだし。遺らない方が怖くないか？」

「まぁ、そぉかも。りぃも書いとこっと……」

莉亜はまたしても素直に、電波の繋《つな》がらないスマホに文字を打ち込み始める。

「何を書くんだ？『先立つ不幸をお許しください』って？」

「はぁ？　そんなこと書いてどうすんのぉ？」

心の底からの『はぁ？』いただきました。

「そうじゃなくて、りぃの稼いだお金がちゃんと、本物の家族にだけ遺るようにって」

「本物の家族……？」

「……なんでもない。暑くて変なこと言っただけぇ」

話しすぎた、と判断したらしい。莉亜はため息をついて押し黙る。

「莉亜。それならスマホじゃダメだ」

「へ？」

俺は遺産相続の基本的なところを説明する。

「俺がさっき言ってたのは『遺書《いしょ》』だが、遺産相続の指示をするのは『遺言書《ゆいごんしょ》』だ。これは似てるようで全然違う。『遺書』には法的効力はない。そして、『遺言書』は自筆、つまり手書きじゃないとダメなんだよ」

「えぇ……！　じゃあ、りぃが今死んだら、りぃの稼いできたお金はどこに行くの？」

「そりゃ、まあ、家族に行くだろうな」

「……家族って？　一緒に暮らしてる人って意味だよねぇ？」

莉亜の声が1トーン落ちる。

「いや、一緒に暮らしてるかどうかは関係ない。血が繋がってる両親だな。もし兄弟姉妹がいても、そっちにはいかない」

「……そんなの、絶対無理」

莉亜が冷たい言葉を吐き捨てる。

「どうしたらいいのぉ？」

「紙とペンと印鑑がないとダメだ。だから、ここじゃ遺言書は書けない」

「最悪……！　なんとかしてよぉ……！　りぃ、なんのためにアイドル頑張ってたのか分かんなくなっちゃう……!!」

必死に俺の胸元を握って揺さぶる莉亜の顔を見てようやく俺は彼女の本質に触れられた気がした。……ここを押せば、もしかしたら。

「じゃあ、遺言書を書く方法を考えるから、莉亜の事情を詳しく教えてくれ」

「本当に、協力してくれるんだよねぇ？」

「ああ、もちろんだ」

……よし。俺は心の中でガッツポーズを取る。

「あんまり重く受け取らないでほしいんだけどぉ……りぃには、父親がいないんだぁ。いないっていうか、いなくなっちゃったの。社長さんをしていた会社が倒産しちゃって……蒸発っていうのかなぁ？」

「そうか」

なるべく、なんてことないことのように返す。

俺も母親を早くに亡くしたから、こういう話をするのが億劫《おっくう》になるのは分かる。話したくないというよりは、自分が『普通』だと思っている状況に対して、過度な同情をされるのが怖い。その覚悟を固めるのに精神がすり減るのだ。

「で、ママと妹の彩芽《あやめ》ちゃんとの３人暮らしなのね？　ママはりぃと彩芽ちゃんを養うためにパートさんとして働き始めたんだけど、りぃは、なるべく早く自分でお金を稼ぐ方法がないかって考えたの」

「それが、アイドルってことか」

「そぉいうこと」

莉亜は、「まぁ、といっても」と続ける。

「普通、アイドルって養成所に通ったりするのに、むしろお金がかかったりするもので、お金持ちの娘《こ》がなることが多いんだけどねぇ。春プリのみんなも、お金持ちの子供だったよぉ。もちろんみんな良い子ばっかりだったけど」

春プリというのは、莉亜がセンターを務めていたアイドルグループ『春めくプリーツ』の略称だ。

「そうなのか？　じゃあ、アイドルになるのって大変だったんじゃないか？」

「りぃには、ママからもらったこの素材があるから」

彼女は茶化《ちゃか》すように胸を張るわけでもなく、至って真面目な顔で、事実を淡々と告げているだけという感じで口にした。

素材。それはおそらく、顔だけではなく、スタイルや声なども含めた、莉亜に備わった先天的な特長のことを指すのだろう。

「だったら、あとはそれを活《い》かせばいいだけ、でしょぉ？」

「それにも、血の滲《にじ》むような努力があるんじゃないのか」

「それはそうだけど、家族を養うためだからなぁ」

莉亜は、大人っぽい微笑《ほほえ》みを浮かべる。『家族を養う』、と15歳の少女はそう言った。

「……つまり、それがこの恋愛留学に参加した理由ってことか」

「……そぉいうこと」

莉亜は思ったよりあっさりと認めた。

「アイドルって、水物だからさぁ。いつまで現役でいられるかは分からないっていうか。でも、普通のお仕事の定年はまだまだ先でしょぉ？　みんなよりも稼げない時期が4、50年多くなっちゃうかもしれない。アイドル時代に稼いだ貯金でそんなに長い間生きてくのは無理だよぉ」

「かといって、俺といたら将来安泰ってわけでもないだろ。経営で大失敗するかもしれないし。それこそ……」

　俺は少し言うのをためらって、結局その先を口にする。

「……莉亜のお父さんみたいな」

「分かってるよぉ。でも、それは、りぃにはあまり関係ないんだよねぇ」

「関係ない？」

　予想外の言葉に、俺は首をかしげる。

「このタイミングで婚約までできれば、りぃが大学に行くためのお金を援助してもらえると思うんだぁ。そしたら、自立して生きていく力をつけられるでしょぉ？」

　あどけなさの奥深くに聡明《そうめい》さを感じさせる表情で、

「りぃは、自分でお金を稼げるようになりたい」

　と付け加えた。

「そこまで考えてるのか……」

「それしか考えてないよぉ。だから、高校生のうちに婚約したいんだぁ。逆に、今、婚約出来ないなら、意味ないって思うくらい。……それが、りぃがこの留学に参加した理由」

「……そっか」

　莉亜は、「あーぁ、言っちゃったぁ」と苦笑いを浮かべる。

「どうして初めにそう話してくれなかったんだ？」

「真一くんは、お金のために自分に近づいてきた人を選んでくれるのぉ？」

そんなわけないでしょ、と乾き笑いを浮かべる莉亜に、俺は、率直な感想を述べる。

「お金のために結ぶ契約関係の何が悪い？」

「……へ？」

俺の回答が心底意外だったらしく、目を丸くする莉亜。

「そもそもビジネスってそういうもんだろ。俺だって今自分で暮らすためのお金を自分で稼いでいるから、お金の大切さは分かってるつもりだ。でも、通ってるのは私立高校だからな。蛇口をひねったら出てくるように金を使う同級生を見て何回も歯嚙《はが》みしたさ」

ほけーっとしている莉亜に続ける。

「俺の場合、生まれてから中学までの生活や教育を受けた環境が恵まれてるのは事実だ。地頭が良い自覚もある。莉亜が言うところの素材だな。それを武器にして戦ってる自覚もある。でも、だからこそ、自分の武器に出来るものを全部使ってちゃんと稼いでる莉亜のことを、心底尊敬出来ると思ったよ」

「ほんと……？」

「ああ」

頷きを返す。これは、俺の本心だ。

「莉亜は、めちゃくちゃかっこいいなって思った」

「真一、くん……！」

莉亜は目を見開いて俺の名前を呼んでから、何かを振り切るみたいに首を横に振る。

「べ、別にぃ？　そんなのじゃ、りぃ、なんとも思わないよぉ？　りぃは日本一のアイドルだもん、そんなにちょろくないもん……！　た、ただ、『可愛《かわい》い』って言われることはたくさんあるけど、『かっこいい』はあんまり言われないからちょっとびっくりしただけっていうかぁ……」

とかなんとかぶつぶつ呟《つぶや》きはじめた。いや、思わぬ反応に俺の方がびっくりしてるんだけど……。

「……と、とにかく！　だから、りぃのお金が、あの男の借金の返済とかにあてられないよぉに、ちゃんとママと妹だけに遺産がいくようにしてほしいの。出来る？」

「いや、出来ないな」

「ええ!?　今の話なんだったのぉ!?」

俺の即答に、莉亜が表情を一転させて目を剝《む》く。

「言っただろ？　紙とペンと印鑑がないと、遺言書は作れないんだって」

「今、なんとかしてくれると思ったから全部話したのにぃ……！　最悪ぅ……！」

涙目で睨《にら》みつけてくる莉亜。

「まあ、初めから、遺言書なんか書く必要はないんだよ」

俺はそっと立ち上がる。

そして、自分史上一番かっこよく微笑んで告げた。

「莉亜。俺の上に乗ってくれないか？」

「はぁ!?　キモいよぉ!?」

辛辣!!

傷つきながらも俺は、ポケットから取り出したライターを莉亜に差し出す。

「ライターの点《つ》け方、分かるか？」

「分かるけど？　なんで？　このバカみたいに暑いのに火を点けるとか正気ぃ？　暑さで頭やられたんじゃない？　何するつもり？　ていうか持ち歩いてるのぉ？　喫煙者じゃないよねぇ？　りぃ、父親だった人がタバコ吸ってたから、喫煙者大っ嫌いなんだけどぉ」

怖い怖い、めっちゃ怒ってるじゃん。さっき一瞬ちょろくなってた莉亜、帰ってきてくれ。

「喫煙者じゃねえよ。20歳《はたち》になってないし。こんなこともあろうかと、さっき売店で買ったんだ」

「こんなことって……？」

「閉じ込められること」

「はぁ……？」

俺が想定していたのは、莉亜に閉じ込められることで、莉亜も一緒に閉じ込められるとは思っていなかったが。

「なんか何言ってるのか分からなくて怖いんだけどぉ……？　どういうこと？」

「ここで、火事を起こす」

俺は天井を指さす。そこには、火災報知器とスプリンクラーが付いていた。

「火事が起こったとなったら、さすがにどこかにそれが知らされて、救助が来るはずだ」

「なるほど……ええ、早く言ってよ⁉」

「莉亜と腹を割って話したかったから」

俺が再度かっこいい笑顔で言うと、莉亜は俺の脛《すね》を蹴り、

「りぃ、トイレ、めっちゃ我慢してるんだけどぉ⁉」

と、涙目で叫ぶ。それはごめん……。

俺がしゃがむと、莉亜がそっと肩に乗ってくる。

「うわぁ、真一くんの頭、汗で滑るぅ……！」

「俺も頰《ほお》が莉亜の汗で気持ち悪いからお互い様だ……」

「はぁ？　りぃの太ももの汗だよぉ？　ご褒美じゃない？　飲めばぁ？」

「おいアイドル……」

正確には、元アイドルか。

「これで上手《うま》くいかなかったらマジで殺すからねぇ？」

「これで上手くいかなかったらどうせ死ぬ」

莉亜の太ももに挟まれたまま死ねるなら本望だ、というやつがこの世界にはどれくらいいるんだろう。俺は違うけどな。本当だよ？

「いくよぉ……！」

「ああ」

莉亜がライターに火を点けて、スプリンクラーのあたりに近づける。

数秒後。

ジリリリリリリリ!!

けたたましい音と共に、天井からシャワー状の水が降り注ぐ。

「うわ、ちょっと、すごい勢い!?　真一くん、早く下ろして!?」

「お、おう……！」

俺の肩から下りた莉亜が両手を広げて水を一身に受けていた。

「あはは！　めっちゃ気持ちいい！」

「……そうだな」

水飛沫《みずしぶき》の向こうにあるその笑顔がもし偽物だったら、さすがにちょっと傷つくな。

「何にやけてんのぉ!?　真一くんのせいだからねぇ!?」

「俺のせいではないだろ、絶対」

「いや、真一くんのせいだから！　でも、」

莉亜はその素っぽいままの笑顔で続ける。

「……ちょっとだけ、スッキリしたかも♡」

「そうかよ」

ま、俺もいいものを見せてもらったかもしれない。

「……あ、真一くん、どうしよう。水浴びたら、やばいかも」

「は？　何？」

そう言われて彼女を見ると、

「スッキリしちゃいそう……！」

俺が目を見開いた次の瞬間、ドアが開く。

「ちょっと、シン、大丈夫!? ……ってなによこの状況は!?」

「おー、平河と目黒、今度こそお楽しみ中だった？」

「失敬!!」

その脇をやけにおじさんみたいな言葉を叫びながら、莉亜は飛び出していった。

……間に合いますように。


脱出に成功すると、ちょうど18時になるところだった。

大きなモニターの前に4人で並ぶ。

今回は十条さんも一緒だ。

「皆さん、存分に楽しんでいただけたようでなによりです」

「楽しいとかそういうコトなの？ あれ。結局中間発表以降、一回もシンと遊んでないわよ。そこのビッチちゃん以外、ポイントに変動もないでしょ？」

極めて不愉快そうにユウが吐き捨てる。

「びっちって言ったぁ!? りぃも被害者なんだけどぉ！」

「…………え？」

「目黒、それは無理があるんじゃない？」

神田が微笑《ほほえ》みつつ刺す。

「それでは、発表しましょう。まず、こちらが中間発表の時の点数です」

目黒莉亜 様　：４００
神田玲央奈 様　：１２００
渋谷ユウ 様　：１０００

大型ディスプレイに先ほどのポイントが表示される。

「問題はリアがどれくらいポイントを稼いだか、ね……」

「では、まずは、目黒莉亜様のポイントを発表します」

莉亜が手を組む。

「目黒莉亜様……４００ポイント」

「えぇ、変わらないのぉ!?　なんで!?　りぃ、真一くんにおっぱい触られたのに!?」

「言い方！」

あとギリギリ触ってない！

莉亜は俺の濡《ぬ》れた服を掴《つか》んで前後に揺さぶる。

「どぉして、りぃといた時にハッピーホルモン出てないのぉ⁉　え、本当に嫌だったのぉ⁉　そんなことあるぅ⁉」

「いや、多分ハッピーホルモンは出てたと思う」

「じゃぁ、どぉして……⁉」

横に立っていた神田がにやり、と口角を上げた。

「そりゃそうだよ、目黒」

「へ……？」

「中間発表の直後、平河とあたしは、スマートウォッチを交換していたからね」

「えぇ……‼　真一くん、どぉしてそんなことしたのぉ⁉」

「それは……」

すがりついてくる莉亜。俺は腕組みをして、仁王立ちではっきり宣言する。

「俺がガチの童貞だからだ！」

「「……？」」

「あははは……！」

あまりの宣言にポカンとするユウと莉亜。目尻をぬぐいながら爆笑する神田。

「俺は、このテストで、『誰と一緒にいるのが楽しいのか』ということと、『みんなのこの留学に来た真意』が知りたかったんだ。でも、誰かに色仕掛けをされた瞬間、その両方が出来なくなる恐れがあった」

「かっこいいのかダサいのか分からないわね……」

「そして、誰かが、ていうか莉亜が仕掛けてくるだろうことも分かっていた。ハッピーホルモンを分泌させるには最適な作戦だし、莉亜はビッグライトニングマウンテンの出口でそれを試してきたから。ただ、そのタイミングこそ、莉亜の腹を探るチャンスだとも思った。だから、神田にスマートウォッチの交換を頼んだんだ」

　ユウのツッコミを無視して説明する。

「で、どうして玲央奈ちゃんにぃ……？」

「萌《も》え袖で隠せるからだ。普通の制服だと手首は出てるからバレるだろ」

「それだけぇ⁉」

「それだけってことはない。神田は元々、スマートウォッチを俺と交換して、自分と過ごす時にだけポイントが入るような作戦を立ててたんだ」

「ずるぅっ⁉」

　莉亜が目を剝《む》く。ずるいのは莉亜もだけどな。

「ホーンテッド・パレスで怖がってる演技して平河にくっついて、その隙に入れ替えようと思ったんだけどね。すぐにバレちゃった。そのためにジャージを着てたんだけどなあ。おかげで一日中ジャージでディアスリーにいないといけなくて恥ずかしかったよ」

「その割には表情に出ないのね？」

「女優だからね」

「すごいじゃない……！」

ユウが素直に感心している。良いやつかよ。

「で、その作戦を止《や》めて、失格にさせない代わりに、一回だけスマートウォッチを交換してくれって頼んだんだ」

「うへぇ……」

感心すればいいのか怒ればいいのか迷った様子の莉亜の横で、ユウが挙手する。

「でも、結果として、レオナとアタシの勝負はフェアに行われてるってコト？」

「そのはずだ」

「じゃあ、このあとの発表も変化なしってコトじゃない」

それはたしかにそうなる。おそらく、神田が勝ち上がることになるだろう。……体操着効果で。

「では、続きを発表してもよろしいでしょうか？」

十条さんが差し込む。

「神田玲央奈様……1200ポイント」

「ほら、さっきと一緒だわ。レオナの作戦勝ちってコトね……」

そう言って肩をすくめるユウに、十条さんが言う。

「渋谷ユウ様……1500ポイント」

「「……え？」」

ユウ、莉亜、俺が同時に首をかしげる。

「レオナ、どうして？　平河のスマートウォッチはあんたが付けずに持ってたんでしょ？　ポイントが動くはずないじゃない！」

「いやあ、それが……笑わないで聞いてくれる？」

眉をハの字にして笑った神田が説明する。

「平河からスマートウォッチを預かってさ。そのままカバンに入れておけばよかったんだけど、なんていうか……彼氏と時計交換するのってどんな感じなんだろうって思ってちょっと付けてみたんだよね」

「玲央奈ちゃんの彼氏じゃないけどぉ？」

「彼氏と時計交換するのってどんな感じなんだろうって思ってちょっと付けてみたんだよね」

なぜか同じことをもう一度言う神田。

「そしたら、なんかよく分からないけど嬉《うれ》しくなっちゃって。で、その時一番近くにいた渋谷にあたしが分泌した分のハッピーホルモンが加算されちゃったってことみたい」

照れ笑いをする神田。

「神田、そんな風に……」

「あはは、恥ずかしいね。あ、スマートウォッチ、返しておくね」

ジャージの下に付けていたらしいスマートウォッチを外して、俺に返してくれる。

「なぁんか、試合に負けて勝負に勝ったって感じだねぇ……?」

勝負にも試合にも負けたらしい莉亜の呟《つぶや》きが、閑散とした遊園地にぽつりと鳴り響いた。

「サイコー！　キャラクター全員がこっちを見てくれてるわ！」

ユウがパレードに手を振りながら動画を撮影している。

追加《エクストラ》デートは閉園間近のパレードを2人きりで楽しめるというものだった。

パークの中心部にそびえ立つシャングリラ城の真向かい、つまり常にお城を背景にパレードが見られる場所に設置された特等席。その前をキャラクターやキラキラに飾り付けられた台車（フロートというらしい）が通り過ぎていく。

「シン。そういえば、そろそろ髪は乾いた？」

キャラクターが乗ったフロートが通り過ぎ、イルミネーションと音楽だけになった頃、ユウがカメラをおろして、俺に尋ねてきた。

「おかげさまで。スウェットも助かったよ、ありがとう」

「当然よ、アタシが選んだんだもん」

俺はクリーム色の生地にキャラクターの刺繍《ししゅう》が小さく入った上下セットのスウェットを着ていた。

制服は汗とスプリンクラーでびしょ濡れになってしまっていたので、見かねたユウが「あんた、カゼひくわよ」とプレゼントしてくれたのだ。園内特製のトランクスとバスタオルもセットで。

天真爛漫《てんしんらんまん》、唯我独尊《ゆいがどくそん》という風でいて、気遣いが出来る人なんだな、と素直に感心する。

いつの間にか俺は、純粋に彼女のことを知りたいと思っていた。

「ユウはどうして YouTuber になろうと思ったんだ？」

ユウは、「何よいきなり？」と少し照れくさそうに笑ってから。

「アタシが生きていた証《あかし》を残しておきたいの」

「え……」

なんでもないことのように彼女は言うが、それって、とんでもなく重大な——文字通り、重くて大きな情報なんじゃないだろうか？

「ユウ……もしかして、死ぬ予定があるのか？」

「は？　あんたは死ぬ予定がないわけ？」

「え？」

質問の意味が分からず、素っ頓狂な声で聞き返す。

「あんたは不老不死なのかって聞いてるのよ」

「いや、そんなことないけど……」

「分かってるわよ、そんなコト」

半目で鼻からため息をつくユウ。

「アタシね、小学生の頃に、成功率70％の手術を受けたコトがあるの。生まれつきのちょっと大きな病気でね」

「……そうなのか」

「シン、全身麻酔ってやったことある？」

「いや、ない」

母親のお見舞いで病院にはよく通っていたが、俺自身は至って健康体でそういった経験はまだしたことがなかった。

「全身麻酔ってね、点滴を挿したあと、口に酸素マスクみたいなのをハメられるのよ。それで『数字を数えてね』って言われるの。『1、2、3……』って。数えているうちに麻酔が回ったら黙るから、それで意識がなくなったのを確認するみたい」

「なるほど」

数字でなくても、五十音を言ってくださいとかでもいいのかもしれない。

「普通、2か3くらいで黙って意識を手放すらしいの。でも、アタシ……10以上数えていたわ。麻酔が効かない、ってお医者さんが焦り出した頃にやっと意識を失ったって」

「効きにくい体質なのか？」

「多分違うわ」

ユウは首を横に振る。

「アタシはその時、眠らないために必死だったの。成功率70％よ？　逆に言えば、30％の確率で、もう二度と目を覚まさないかもしれないってコトだもん。そう思ったら、怖くて、もっと色んなコトしとけば良かったなって思って……。それで、離れていく意識をがっちり摑《つか》んで離さなかったたってわけ」

「二度と、か」

俺はそっと想像してみる。

目をつぶって、眠ったら、もう目覚めないかもしれないという状況を。

10回に7回は成功する。でも、10回に3回は失敗する。

野球の打率とかゲームの技の命中率とかならともかく、生きるか死ぬかの70%はあまりにも心許《こころもと》ない確率だ。

「ま。そんな深刻な顔しなくても、結果は、見ての通り、70%の方になったんだけどね。今は心身共に健康そのものよ。再発の可能性もほとんどないらしいわ」

「……そうか」

俺は自分でも意外なことに、深く安堵《あんど》しているのを感じていた。

「でも、いつ死ぬか分からないのは、これからも一緒だってその時に思ったの。だったら、その時に後悔しないように、『ああ、良い人生だったわ』って思えるようにしたい。そのために、なるべく早く、なるべくたくさんの経験をしておくべきだって、そう思うのよ。やりたいコト、全部やるべきでしょ？」

『あんたは、何歳まで生きるつもり？』

『それが、明日までかもしれないわ。だったら体験して早すぎるコトなんて1つもないでしょ？』


初対面の時にユウが言っていたことの意味がやっと理解できた。

そうか、彼女はきっと、毎日を人生最後の日だと思って生きているんだ。

「それで、生きていた証か。誰かの記憶に残しておく、と」

「察しがいいじゃない！　そこで『記録に残しておく』って言わないあたり、見どころがあるわね！」

ユウは嬉しそうに微笑《ほほえ》む。まあ、俺も母親を亡くしてるからな。

「そう、記憶なのよ！　記録は見られなくなったら終わりだけど、アタシの動画を観た人がアタシの記憶を持ってくれている限りはずっとアタシは生き続けるもの！　それに、アタシの動画がきっかけで何か行動を起こす人がいるかもしれないわ。そしたら、その行動の結果の中にだって、アタシは生き続ける」

彼女は言葉とは裏腹に、目を爛々《らんらん》と輝かせてこちらを見た。

「それってサイコーだと思わない？　だから、なるべく多くの人に影響を与えたいの！

アタシの見ていた景色を一緒に見てほしいの！　だから、YouTuber ってわけ」

パレードが通り過ぎると、花火が上がる。それを見上げながら、彼女は話を続ける。

「アタシ、花火って好きなの。ああいう花火もそうだけど、町の花火大会みたいなやつが特別に好き」

その瞳に、華やかに広がっては煌《きら》びやかに散っていく光を映して。

「花火は一瞬で消えるわ。でも、その町の高校生が花火大会に勇気を出して誘った誰かと結婚するかもしれない。花火大会に出店を出した若い夫婦がそのお金で一生の思い出に残る新婚旅行に行けるようになるかもしれない。親に連れられて花火を見に来た子供が同じ感動を与えたいと思って花火師になるかもしれない。そんな風にして、とっくの昔に散った花火も、色んな人に影響を与えて、生き続ける。その意味は在《あ》り続ける」

その大きな瞳にその一瞬の輝きを映しながら、

「……そういうものに、アタシはなりたいのよ」

彼女は力強く呟く。

「……そうか」

「まあ、そんなコト言ってたって、たまに怖くもなるけどね？　いつ死ぬコトになったたって、『もっと生きていたかった』って思っちゃうんじゃないかって」

一転して、少し不甲斐《ふがい》なさそうな顔で微笑む。

……でも。

「それは一概に悪いこととも言えないんじゃないか？」

「どういうコト？」

「もっと生きていたい人生って、つまり、終わるのが惜しいほど充実して楽しい人生だったってことだろ？　それって幸せなことなんじゃないか？」

「…………！」

ユウはその普段から大きな両目をさらに大きく見開いて、こちらをじっと見ている。

「……どうした？」

不安がつのる。なんせ、生き死にの話だ。何か不謹慎なことを言ったのかもしれない、と身構えた瞬間。

「それもそうねっ!!」

ユウがその顔を、文字通り目と鼻の先まで近づけて、

「それってとってもいい考え方だわっ！　アタシの目標を１８０度変えちゃうくらいの！」

と大きな声をあげた。

「アタシの今まで目標は、『いつ死んでもいいくらい充実した日常を送るコト』だったけ

ど、訂正！」

　そして、笑顔のまま宣言する。

「いつお迎えが来たって、『もっと長生きしたい』って思うくらい、サイコーな人生を過ごすコトにする！」

「そんな簡単に変えていいのか？」

「簡単じゃないわよ！　シンが言ってくれたんじゃない！」

「だからそれを『簡単』だって……」

　言いかけて、やっぱりやめる。

　その目標は言い方が180度違うけど、きっとすべきことは同じことなんだろうから。

　勢いがついたらしいユウは、すたっと立ち上がる。

「アタシ、やっぱり恋も結婚もしてみたいわ！　それってきっと、もっと長生きしたくなるような心地だと思うから！　やっぱり高2で早いなんてコトはないのよっ」

「その相手が、俺でいいのか？」

　ユウなら、選ぼうと思えばいくらでも選べるだろうに。と笑ったその言葉に、

「うん、シンがいい！」

「……!!」

あまりにも直球な言葉が返ってきて言葉を失ってしまった。

「アタシね、シンのコト、結構認めてるのよ？　自分のために、自分の力でちゃんと生きてる。それって、なかなか出来ないコトだと思うわ」

そして、ユウは俺を振り返って言う。

「だから、アタシの『初恋候補』にシンを選んだのよ！　どう？　光栄でしょ？」

花火を背に、白い歯を見せて笑うユウは、逆光とは思えないほどにキラキラした顔を見せてくれた。

第4章　俺の元カノと幼馴染と義妹が以下略

「『一緒にいる時が一番落ち着く』という関係性こそ、夫婦には肝要ではないでしょうか」

栃木県にある、高級リゾート地・那須《なす》。

その玄関口である那須インターチェンジからリムジンで15分ほど走ったところに建てられたログハウスの玄関口で、十条《じゅうじょう》さんはそう言った。

「それ分かるなあ。わたしも、真一《しんいち》といる時とか真一を視《み》てる時が一番落ち着くもん」

「『みてる』にあてている漢字がなんだか不穏な気がするのだけれど……。ストーカーだなんて犯罪行為をしている最中に心が落ち着くというのはどうかしてるわよ、品川《しながわ》さん」

「犯罪行為ー？」

大崎《おおさき》すみれの真っ当なツッコミに、品川咲穂《さきほ》が首をかしげて応戦する。

「とっくの昔に別れてるにもかかわらず、こんなところまでやってくる未練がましいオワコン元カノさんが何か言ったかな？」

「未練がましくなんかないわ。私は私の目的のために来ているだけよ。私が世界で唯一平河《ひらかわ》くんとお付き合いしたことがある人間だからって、目の敵にするのはやめてもらえるかしら。一介のストーカーさん？」

「ストーカーだったらなんだっていうのかな？　そのおかげで、真一のことで知らないことなんか1つもないんだよ？」

「へえ？　本当かしら？　じゃあ、平河くんにとっての人生初デートでお昼に食べたものは何か知っている？　ああ、もちろん、そのデートは私と行ったものだけれど」

「うわあ、安い挑発だね？　そんなの、知ってて当然な当たり前の常識だよ？」

　安い挑発だ、などと言いながら、ガッツリ乗っかる品川咲穂さん。

「ちなみに、大崎すみれ的にはどっちを人生初デートにカウントしているのかな？　付き合う前の学園祭視察のことなら、1年3組のタピオカミルクティー。付き合ってから最初のゲームセンターデートのことなら、チーズバーガーセットでサイドメニューはポテトM、ドリンクはオレンジジュース。だよね？」

　つらつらと繰り出される情報に、大崎がドン引きしていた。

「き、気持ち悪いわ……！　どうして本当になんでも知ってるのよ……」

「なんでもは知らないよ？　真一のことだけ」

「うっ……。平河くん、よくこんな子と普通に接していられるわね……!?」

　信じられない、という顔で俺を見る大崎。

「でも、大崎すみれも、それが正解だって分かったってことは、どっちも覚えてたんでしょ？　同じくらい大切な記憶なんだよね？　未練がましいのは認めるね？」

「あっ」

あっ？

「私、記憶力が良いのよ。一度起こったことって忘れられないの。それがどんなにちっぽけでしょうもない情報だとしても、ね。頭が良すぎるのも困りものだわ」

「今、『あっ』って言わなかった？」

「なんのことかしら……？」

「不可解です。どうしてそんなにずっと、どうでもいい話が出来るのです？」

犬猿の仲の２人がじゃれている（？）と、これまで黙っていた俺の義妹《いもうと》・舞音《まのん》がうんざりした様子で挙手をする。

「十条さんのお話の途中です。途中というか、まだ一言しか発してませんけど。なのに、そんなに無益な話を延々と出来るなんて、不可解です。お兄ちゃんの初デートのご飯なんてどうでもいいことなのですが」

「「ご、ごめんなさい……」」

あまりの正論に２人が謝る。舞音がこんなに不機嫌を露《あらわ》にするのは珍しいな。

「……ちなみに、どうでもいいことですが、お兄ちゃんがマノンに初めて作ってくれたご飯は生姜《しょうが》焼きです。おふたりはお兄ちゃんの手料理すら食べたことないでしょうけど。まあ、お兄ちゃんとほぼ2人暮らしで、毎日のように手料理を食べられたマノンにとっては、どうでもいいことですが」

「「て、手料理……！」」

食いつくな。手料理に。

「はあ……十条さん、お話を続けてください。『夫婦たるもの、一緒にいる時が一番落ち着く関係性であるべきだ』というのは分かりました。それを証明するのが別荘での宿泊ってことでしょうか？」

「ええ、そう考えております」

埒《らち》が明かないので、俺が話を戻すと、しばらく蚊帳《かや》の外に追いやられていたことをなんとも思っていない様子で、十条さんは淡白に頷《うなず》く。

「ディアスリーランドのデートでは真一様のハッピーホルモンを一番分泌させた方を優勝としました。今回は、ここ、那須のログハウスでは真一様を一番リラックスさせた方を優勝とします」

「今度はリラックスですか」

前回のディアスリーデートとは真逆の指標に感じるが、たしかにそれも夫婦関係に大切なものではあるだろう。

「これから午後10時まで、真一様のスマートウォッチにて真一様がリラックスしているかどうかを測定します。人はリラックス状態になると、脳内の副交感神経系が活発になり、心拍数が減少し、血圧も下降、血液の流れが良くなります。その時間と度合いをスマートウォッチで計測するというわけです。そして、」

ここが重要です、と言わんばかりに一呼吸置く。

「真一様がリラックスしている時間、真一様の視界に入っている方にリラックスしただけのポイントが加算されます」

「一番近くにいる人ではなくて、視界に入っている人、ですか？」

ディアスリーの時とはポイントが入る人の選定基準が少し違うらしい。

「ええ。皆様一つ屋根の下に宿泊していて、物理的な距離はほとんど変わりませんので」

「『視界に入っているかどうか』というのはどのように判断するのです？」

今度は舞音が挙手した。

「開発チームによると『脳が思い浮かべている人』ということとほぼ同義とのことです」

「じゃあ、写真や動画を見ていても視界に入っているのと同じってことかな？」

「そうなりますね」

咲穂は「なるほど」と、頷く。

「まとめると、真一の目の前で真一を一番長く、深く、リラックスさせた人が勝ちってことですね？」

「はい。反対に、緊張や興奮や不安といった状況になっている時に視界に入っていらっしゃる方は減点されますので、ご注意ください」

「色仕掛けや監禁は逆効果ってことね……」

大崎がぼそぼそと怖いことを呟《つぶや》く。莉亜《りあ》はどっちもやろうとしてたけどな……。

「そして、対決に勝利した方には、【追加《エクストラ》デート】をご用意しております」

「そうそう！　それが気になってたんですよね」

咲穂が待ってました、とばかりに手を叩《たた》いてから、「あれ？」と首をかしげる。

「追加《エクストラ》デートって言っても、優勝者が決まるのって夜10時なんですよね？　それからってもう寝るだけじゃないんですか？」

「おっしゃる通りですね。……ところで、こちらの別荘、少々手狭でして、3LDKとなっております。私《わたくし》は近くのホテルに宿泊しますが、1部屋足りません」

「3LDKってことは寝室は3つってことですよね？　真一、わたし、舞音ちゃん……。

３人ぴったりですよ？」

「『３人ぴったりですよ？』じゃないわよ。私を故意に抜かしているでしょう……」

さりげなく大崎を排除した咲穂に、大崎がこめかみを押さえながら指摘を入れた。

舞音はその横で、その小さな手を指折りながら、現状を整理する。

「つまり、３部屋に、お兄ちゃん、咲穂さん、すみれさん、マノンの４人が宿泊するので１部屋足りないということになるですね。不可解です……。ん、もしかして」

「ええ、そういうことです」

気付いたらしい舞音の目配せに、十条さんが頷く。

「優勝した方は、今夜、真一様と同じ部屋に宿泊していただきます」

「平河くんと同衾《どうきん》……！」

またまた、大崎は『同衾』なんて古風な言葉を……どど同衾!?

俺は慌てて手を挙げる。

「じゅ、十条さん。同じ部屋とはいえ、ツインルームですよね……？」

ツインだとしても同部屋な時点で俺には刺激が強すぎるが、せめて、ということで確認する。が、しかし。

「いえ、ベッドはお部屋に１台ずつですし、ソファーやお布団などのご用意もございません」

「まじですか……」

「まじです」

「うへへ、真一の腕枕かあ……！」

「ふむ。たしかに、お兄ちゃんと同じベッドで寝たことはない、ですね」

取らぬ狸《たぬき》でよだれを垂らしそうな咲穂と、皮算用で若干頬《ほお》を赤らめる舞音。そして、

「そっか、お風呂にさえ連れ込めれば……、いや、でも……」

不穏なことをめちゃくちゃ真顔でぼそぼそ呟く大崎。

「おい、大崎……お、お風呂って……」

「あっ」

あっ？

「私、毎日必ずお風呂にアヒルの人形を連れ込むのよ。そんなに変なことかしら？　変なことじゃないわよね？」

「ああ、うん……」

当然『その歳《とし》で？　そのキャラで？』という疑問は浮かんだが、この話をこれ以上拡《ひろ》げるのは許さない、というものすごい圧を感じたのでとりあえず口を閉じる。

「それでは、これからスタートです。夜にまた伺いますね」

俺は今回も、この別荘デートで自分がすべきことを考えていた。

実際、今回のデートの内容には同意できる部分が多い。

この留学で無事誰かと結ばれてヴェリテの社長になれたとして、そこから先、ヒラカワグループのトップを目指して、俺はまだ走り続けることになる。その時、俺が家庭に最も求めるものは、おそらく平穏だ。

離婚せずにいられる関係、という意味でも、一緒にいる時間にいかに心が落ち着くか、というのは重要な観点ではあるだろう。人生を最も長く共に過ごす相手なのだから、少なくとも緊張やストレスを感じる相手ではいけないということも頷ける。

今回は、彼女たちを出し抜くようなことはあまり考えず、自分の身体が測定してくれるリラックス値に身を委ねるのが得策だと思われる。

逆に言うと、ルールを逸脱するような行動からは身を守る必要があるということにもなるが。

俺は改めて、参加者の３人——大崎すみれ、品川咲穂、平河舞音を見る。

うーん、３人とも、なんかしてきそうだなあ……。

手始めに、４人で手分けしてログハウスを探索する。

「１階がキッチンとリビングとダイニング、２階がそれぞれの寝室というレイアウトのようですね」と、舞音。

「２階を見てきたけれど、寝室には、それぞれの部屋にダブルベッドが１台ずつと、小さなテーブルが１つと、お風呂とトイレしかないみたい。お風呂は寝室にあるものだけで、トイレは１階にもあるわね」と、大崎。

「キッチンに食器とか調理器具はあるけど、冷蔵庫は空っぽだから、なんとかして買いに行かないといけないな……」と、俺が言うと、

「家の周りをぐるっと一周してきたけど、建物の脇にバイクが１台あるだけだったよ。それで行けってことかなあ」と、玄関に戻ってきた咲穂が言う。

ていうかなんか、その状況の整理の仕方、推理のヒントを整理しているみたいなんだけど。ここで密室殺人とか起こらないだろうな……？

「平河くん」

「ん？　……おっ？」

いつの間にか横に立っていた大崎が、俺の耳元に手を伸ばしてくるので、反射的に避《よ》け

てしまう。

その時、ふわっと、ラベンダーみたいな香りがした。

「そんなに怯《おび》えないでちょうだい。髪に糸くずが付いていたから取っただけよ」

俺の髪に付いていたという糸くずを見せてくれる。

「……香水。あの頃と変わってないんだな」

「あらそう、覚えていたの」

大崎はふふ、と微笑《ほほえ》んだ。

「昔の恋人の匂いが忘れられないのね、平河くんたら。未練がましいのはどっちかしら？」

「いや、えっと……」

本当なら何か言い返したいところだが、再度鼻先をくすぐるその香りに内心動揺していた。

付き合っていた頃、彼女は香水をつけていた。中学生にしては珍しいんじゃないかと、嗅ぎ慣れない香りを俺が指摘したことがある。

『この香り、私がピローミストに使っているのとほぼ同じなのよ。落ち着いた気持ちになれるから、緊張する時や舞い上がってしまいそうな時につけているの』

『緊張してるのか？　どうして？』

『意地悪な質問だわ、平河くん』

そして、彼女は言った。

『好きな人と2人で出歩くのは、私だって緊張するし舞い上がってしまうものよ？』

あの日の大崎のはにかんだ笑顔を思い出してしまい、俺は頭《かぶり》を振る。

「真一ー？」

ずずいっと、大崎と俺の間に咲穂が割り込んでくる。

「ミニマリストな真一の荷物はこのリュックだけだよね？　わたしの部屋に持っていっちゃうね？　わたしが勝つ予定だからいいよね？」

「ああ、うん。えっと……？」

「品川さん、まだあなたが勝つと決まったわけでは……」

「はいはい、分かってますう」

ラベンダーの香りにふわふわしてしまっている俺の腕を咲穂が摑《つか》んで、むすっとした顔で囁《ささや》く。

「もう、真一。しっかりしてよ」

大崎の言う通り、誰が勝つかはまだ分からないので、とりあえず女子3人がそれぞれの部屋を確保し、結果発表の後、勝った人の部屋に俺が行くことになった。

荷物を整理したりした後、リビングの鳩時計《はとどけい》が時刻を知らせる。13時だ。

「さっき平河くんが言っていた通り、夜ご飯の買い出しに行かないといけないのだけれど、徒歩圏内にはコンビニもスーパーもないわね。移動手段はバイクだけ。この中の誰か、バイクの免許を持っているのかしら？」

大崎が首をかしげると、咲穂がニマニマとした笑みを浮かべる。

「あれー？　知らないのー？　そっかあ、大崎すみれは『中学時代』の、『元』彼女だから、知らないかあー」

「……何よ？」

「さて、なんだろーね？」

「はあ……もう言わなくて結構よ。文脈を読めば分かるわ。平河くんが、16歳になってから免許を取ったのね」

「まあ、そういうことだ」

自分のことなので、横から応じる。

新聞配達やフードデリバリーなど、免許を持っていることで効率よく稼げたり、時給を上げられるようなアルバイトは意外と多い。

　デリバリーも行うファストフード店でのバイトをしていた時、免許を取ると店から補助金がもらえるという話だったので、そのタイミングで取ったのだ。

「それじゃあ、平河くんは行くとして、もう1人誰が行くか、ね」

「じゃんけんだね？」

　手を捻《ひね》って組んで拳を覗《のぞ》き込もうとする咲穂の手首を「ちょっと待って、品川さん」と、大崎が摑む。

「何かな？」

「あなた、辞退するのはどうかしら？　実際、平河くんと行くのは得策じゃないわ」

「わたしがそんな嘘《うそ》に騙《だま》されると思ったのかな？　なるべく長く真一の視界に入るのが有利なんだから、真一といられる時間が長い方が有利でしょ？」

　咲穂が顔をしかめると、大崎はやれやれ、と首を横に振る。

「嘘じゃないわよ。緊張している時には一緒にいないほうがいいって言われたでしょう？　冷静になって考えたら分かることよ。買い物に一緒に行く人は、平河くんがバイクを運転する前後にも一緒にいることになるわ。人を乗せてバイクを運転する人間が、リラックスできると思う？」

「それは、たしかに……？　んー……？」

「不可解です」

納得しかけて、それでも納得しかねる咲穂の横で、舞音が眉をひそめる。

「マノンもすみれさんと同じように、お兄ちゃんと一緒に買い物に行く方が不利だと思うです。買い物中にリラックスした気持ちになるとも思えませんし。なのに、すみれさんはどうしてそんな助言をするのです？　咲穂さんもマノンも辞退したら、すみれさんが行くことになるです。すみれさんは行きたいのです？」

「それは……」

理詰めにされてたじろぐ大崎に、

「それもそうだね？　大崎すみれ、どうして？　裏があるとしか思えないけど？」

咲穂が詰め寄ると、

「裏なんかないわよ。ただ、私は、ふたりの……」

少し考えるような間があったあと、

「ふ、ふたりの……そ、そうね、あなたたち2人の現状と比べて不利だと思うの。同居していたこともある舞音さんと、幼《おさな》馴染《なじみ》の品川さん。普通にしていたら、リラックスをさせられるのはあなたたち2人の方よ。だから、多少のリスクを負ってでも、私は平河くんと過ごす時間を増やすべきだと思ったの。それだけよ」

大崎はやけに饒舌《じょうぜつ》に話を進める。

「……そっか。大崎すみれの言いたいことは分かった」

「品川さん……！」

咲穂の言葉に、大崎がその目に希望の光を灯《とも》す。

「それじゃあ、じゃんけんしよっか？」

「はい？」

だが、次の瞬間、その瞳が疑問符で暗くなった。

「えっと、品川さん？　聞いていたかしら……？　だから、あなたが辞退すればいいだけの話なのだけれど……」

「あのさあ、大崎すみれ？」

再度、咲穂は『馬鹿なのかな？』という顔をして言い放つ。

「わたしは、真一に認識された状態で買い物デートしたいだけだからね？」

「お兄ちゃんに認識されてない状態の買い物デートがあるみたいな言い方ですね……」

それな……。


無事スーパーに着くと、彼女は、買い物カゴを持つ俺についてくる。

「お兄ちゃん、歩くのが少し早いです」

「ああ、ごめん……」

結局、じゃんけんに勝利したのは、舞音だった。

あの後、2人でじゃんけんを始めようとした咲穂と大崎に、『マノン、ここは絶対に勝ちたいのです。マノンはパーを出します』などと心理戦じみたことを仕掛けて、言った通りパーを出して1人勝ちしていた。

「なあ、舞音はじゃんけんに参加しないみたいな流れじゃなかったか？」

「不可解です。そんなこと一言も言ってません。お兄ちゃんについていく方が不利だと言っただけです」

「お兄ちゃんについていく方が不利だって言ったんじゃん……」

何が違うんだよ。

「そもそも、マノンが、すみれさんか咲穂さんのどちらかと2人きりで一つ屋根の下にいるという状況に耐えられるはずないと思いませんか」

「やっぱり、花嫁候補同士って仲悪いのか？」

「もちろん仲良くはありませんが、そういうことではなくて、マノンが2人きりになれる相手は、お兄ちゃんだけという話です」

舞音は、拗《す》ねたように唇をとがらせて言う。

「それに、マノンはどうしても、他人に邪魔されない、お兄ちゃんと2人きりの時間が欲しかったのですよ」

「お、おう……」

結構なことを言ってる気がするのだが、舞音は相変わらず淡白な表情だ。言葉の表面だけ受け取ると俺のこと好きみたいなんだけどな……。

「不可解です。顔を赤くして、どうしたのです？　何かは分かりませんが、いずれにせよマイナスポイントになるのでこっちを見ないでください」

「好かれてるんだか嫌われてるんだかよく分かんないな……」

「好き嫌いの問題ではありません。他人に邪魔されない、お兄ちゃんと2人きりの時間が欲しかっただけです。何度も言わせないでください」

「分かったよ……」

まあ、邪魔されないで、というところが叶《かな》うかは不明だが。

「それで、何を買うのです？」

「ああ」

俺は2枚の紙を取り出した。

不公平が生じないように、買うものは2人分のメモを預かった上で、俺が責任を持って全てを必ず買うということにした。舞音に任せたら、買ってこないとか、カゴに入れたものを抜くとかする可能性があるからだ。

大崎のメモは至って普通の白い紙に書かれていたが、咲穂のメモは……。

「不可解です。よくこんなものを渡してきますね……」

それを見て、舞音が顔をしかめる。

なぜなら、咲穂のメモは、彼女自身の自撮り写真の余白に書かれていた。

どうやら十条さんとの会話にあった『写真や動画でも視界に入っていることになる』という法則を利用し、買い物に同行した舞音ではなく自分を俺の視界に入れさせてポイントを加算しようという作戦のようだった。

「どうして咲穂さんは自分の写真なんか持ち歩いていたのですか。自分大好きさんなのでしょうか」

「あー……咲穂と俺の一番直近でのツーショットなんだと」

「ツーショット……？　この写真のどこにお兄ちゃんが……うわっ」

写真の中に俺を見つけたらしい舞音が似合わない声をあげる。

それもそのはず、俺は後ろの方にかなり小さく写っているだけだ。動物園で写真を撮る時に全然近くに寄ってきてくれない動物でも、もう少しくらいは近い。

「盗撮じゃないですか……」

「まあな……」

はあ、とため息を吐《つ》いて、また歩き出す。

それにしても、こうやって2人でスーパーを歩いてると……。

「それにしても、こうやって2人でスーパーを歩いてると、」

俺の心中と全く同じことを舞音が言うので、少し吹き出す。

「舞音もそう思ったか」

「お兄ちゃんも思ったですか？」

「ああ」

そして、舞音と俺は、同時に呟《つぶや》く。

「兄妹《きょうだい》って感じがするな」

「夫婦みたいですね」

え？

俺が驚いていると、舞音がかぁ……と頬《ほお》を染めていた。

「舞音、えっと……」

「不可解です。デリカシーというものがないのですか、お兄ちゃんには」

つん、と、今度は年頃の女の子らしい表情で、舞音はそっぽを向いてしまった。

「ソーセージいかがですか？」

拗ねた舞音と連れ立って少し歩いていると、販売員のお姉さんに声をかけられる。

「もちろん頂きます」

「貧乏性ですね、買い物リストにはないですよ……？」

前のめりに手を差し出すと、小３以降、裕福な家庭で育てられている妹に呆《あき》れた目で見られる。悪いか。タダで食わせてもらえるものは食べておくべきだ。

俺はお姉さんから爪楊枝《つまようじ》に刺さったソーセージを受け取って口に放り込むと、ぷりっとした弾力と、その中から熱々の肉汁が飛び出してきた。

「うまっ……！」

「わあー……！」

俺がつい頬をほころばせると、お姉さんが感嘆の声をあげる。

「美味《おい》しそうに召し上がりますね！　自分、焼いただけですけど嬉《うれ》しくなっちゃいます！」

お姉さん、にこにこだ。

「なんだか、お兄さんってご飯作ってあげたくなっちゃうお顔ですね！」

ガタン！　と少し遠くで何かが落ちるような音がすると同時、舞音が少し背伸びして、

「……この人、なんだか泥棒猫の匂いがするです」

と俺の耳元で囁《ささや》く。

「彼女さんもいかがですか？　ソーセージ」

「…………」

舞音は黙ったままじっとお姉さんを見ながら、俺の後ろに隠れてしまう。猫か。

舞音の知らない相手と話すことを極端に嫌がる癖はまだ直っていないらしい。

「シャイな彼女さんですね？　彼氏さんにべったり！　可愛《かわい》いです！」

「えっと、こいつは彼女ってわけでは……」

「あら、失礼しました！　奥様でしたか！」

俺が訂正を試みるも、お姉さんは勘違いを加速させていく。年齢的にも服装的にもそんなわけないだろと思うものの、お姉さんの誤解を解く必要性もないので、ごまかすような笑みを浮かべながら、とりあえず、そこから離れた。

「末永くお幸せに〜！」

朗らかすぎて心配になるお姉さんだ。ソーセージ買ってないのに。

「なんかすごい人だったな……」

言いながら舞音を見ると、「ええ、まあ、そうでしょうね」とか言いながらコクコク頷《うなず》いていた。心なしか口角が上がっているようにも見える。

「どうした、舞音？」

「やっぱり、兄妹には見えないそうですよ？」

「……まあ、そりゃそうか」

似てないもんな、俺たち。血の繋《つな》がりはないし。

「見どころのある泥棒猫さんでした」

そう言って、舞音は珍しく「うふふ」と微笑《ほほえ》んだ。


買い物を終えて外に出ると、突如、舞音が後ろから抱きしめてくる。

「舞音……？」

「マノンは、この時をずっと待っていたのです。お兄ちゃん、」

背後で、背伸びをする気配がして。

「2人きりで話したいことが、あるのです」

と、そんな囁き声が耳朶《じだ》をくすぐる。

「今か？」

「ええ。帰る前に、２人きりで」

「ああ……」

２人きりといえば、これまでも２人きりではあった。でも、店の中じゃダメということは、おそらく、舞音が求めているのは本当の２人きりなのだろう。

だとするならば。

「……今、２人きりじゃないと思うぞ？」

「え？」

戸惑う舞音に追加で伝える。

「舞音、そのまま、俺に抱きついていてくれ」

「はい……？」

俺の気持ち悪い注文に声をしかめた舞音は、そろり、と俺の左胸に右手を伸ばした。

「心拍数が上がっています。ドキドキしてるですか……？　でも、不可解です。マノンにマイナスポイントを入れようとしてるですか？　そうならないように、こちらを見られないように、後ろから抱きついているので無駄ですよ」

鼓動を確かめ終えた手を離そうとしたその手首を俺は摑《つか》んで戻す。

「違う、そうじゃない。そのままだ。今、召喚するから」

「召喚？　一体何を……？」

俺はポケットから例のメモ――つまり咲穂の写真を取り出し、視界に入れる。

すると、同時。

「真一、今はダメ！」

少し離れた物陰から、品川咲穂が飛び出してきた。

「もう、真一ってば意地悪だなあ。あんなことされたら、わたしにマイナスポイント入っちゃうじゃん。ダメだよー？」

店の外のベンチに座った咲穂はこちらを見上げながら、悪びれるどころか俺を注意してくる。

「それにしても、わたしがいるって、いつから気付いてたのかな？」

「ここに来る前から予測はついてた。自転車でここまで来るのは大変じゃなかったか？」

「電動アシスト付きだったから、まあ……。っていうか、そこまで分かってたんだ⁉」

「ちょっと待ってください、不可解です。マノン、何が何だか……」

珍しく戸惑った様子の舞音が顔をしかめるので、俺は説明する。

「ログハウスには、バイクだけじゃなくて、自転車も置いてあったんだ。それを咲穂は隠《いん》蔽《ぺい》して、俺と舞音がスーパーに行ったあと、自分は自転車で追ってきた。で、じーっと俺たちをつけていたってわけだ」

「ええ、そうなのですか……？」

「なんだ、真一、自転車見つけてたんだ？　入り口からは死角にあったから、わたしは到着した時には気付かなかったんだけど……。ずるいなあ、言ってよ」

「いや、見てはないよ。ていうか『ずるいなあ』ってどの口が言ってるんだ」

咲穂は俺のツッコミを無視して目を見開く。

「見てないの？　じゃ、どうして……？」

「咲穂はみんなでログハウスを調べた時、『バイクが１台あるだけだった』って言っただろ？　その言い方に違和感を感じたんだ」

「何か変です？」

舞音は首をかしげる。

「普通、何もないと思うところにバイクがあったなら『バイクがあったよ』だろ。『バイクが１台あるだけだった』なんて、他には何もないって強調するみたいな言い方はしないはずだ。だから、他にも乗り物があるんだと思った。で、咲穂は免許を持ってないから、隠そうと思ったなら、自転車しかない」

「……なるほど。咲穂さんは、それでマノンたちの後をつけようと思った、と。そこまでは分かりました」

舞音の眉間のしわはまだ取れない。

「でも、不可解です。何のためにそんなことするのです？　後をつけるメリットがないはずです。姿を現す気がないなら、ポイントの増減はありませんし……」

「それなんだよな……」

そこは、舞音の言う通りだ。今回の勝負は、近くにいたらポイントが加わるものでもないのだから、わざわざついてくる理由がない。俺にも理解出来ない部分だ。

「どうしてです？　咲穂さん？」

「そんなの当たり前の常識だよ？」

でも、咲穂は『逆にその質問の意味が分からない』というくらいの顔をして言う。

「そこに、真一がいるからだよ？」

「咲穂さんのストーカーの動機は登山家のそれと同じなのですね……」

……本当に、俺にも理解出来ない部分だ。

ところどころで自転車の咲穂を待ちながら、３人揃《そろ》ってログハウスまで帰ってきた。

「おかえりなさい、平河くん」

玄関口では、大崎がやけに穏やかな表情で待っていた。

「ずいぶん遅かったのね？　ずっと待っていたのに。ちょうど、リラックス効果のあるハーブティーを淹《い》れたのよ、平河くん。飲まない？」

「ちょっと、大崎すみれ。そんなの抜け駆けだよ？」

「品川さん。どの口がそんなことを言うのかしら？」

「すみれさん、なんで笑いながら答えてるのです……？」

舞音の言う通り、大崎はその口元に微笑みをたたえていた。言葉と表情がチグハグだ。

おそらく、怒り顔を見せたら俺が緊張してしまうということへの気遣いなんだろうけど、あの笑顔の中身が煮え繰り返ったはらわただと思うと、逆に怖い。

「さあ、テーブルについてちょうだい。平河くんはここね？」

「分かった」

大崎の正面の席に案内される。俺がハーブティーを飲んでいる間、彼女を視界に入れるためだろう。咲穂のズルを考えれば、これに応じるくらいは贔屓《ひいき》にもならないだろう。

　大崎はティーポットから4つのカップにハーブティーを注いで、俺たちに差し出した。

俺の分だけではなく、咲穂や舞音の分も準備していたらしい。

　と、そこで、咲穂が挙手する。

「ちょっと待って、大崎すみれ。これ、睡眠薬とか毒とか盛ってあるんじゃないかな？」

「そんなわけないでしょう。同じティーポットから注いだものじゃない」

　大崎は、そう言って、自分の前にあるカップに口をつけてからこちらにカップを見せてくる。なるほど、少し減っているようだ。

「ほら、なんともないわ。というか、飲みたくないなら飲まなくて結構よ？」

「ほんとー？　でも、真一のカップの底に塗ってるっていう可能性も……。ほら、真一のやつを飲んでよ」

「分かったわよ……ほら、これでいい？」

　言われた通り一口飲んだ大崎が呆《あき》れた目をして咲穂にカップを見せた。

「まだダメ。カップのふちのどこか一箇所だけ塗ってなくて、他は全部塗られてるかもしれないもん。フチを全部舐《な》めて？」

「疑《うたぐ》り深《ぶか》いわね……」

　そして、大崎はその艶《なまめ》かしい舌で、つぅー……っと、フチを一周舐めてみせた。

「……かかったね？」

そこで、咲穂がニヤリと意地悪な笑みを浮かべる。

「はい？」

「ほうら、真一？　それは、大崎すみれが口をつけたカップだよ？」

「あなた……！」

そう、大崎も分かっていた通り、この対決において、色仕掛けはＮＧだ。今のは、色仕掛けとしてやったわけではなくとも、男子校の俺には刺激が強かった。

「ひ、平河くんは、そんなの気にしないわよね？」

「あ、ああ。もちろん？　全然気にしてねえし？」

そしてここで童貞・平河真一の悪い癖が発動する。気にしてるのに、なんか気にしてない感じ出しちゃうやつだ。自分でも分かってはいるんだけど……。

「じゃ、じゃあ、飲んでちょうだい、ほら」

「ああ、ありが……熱っ!?」

「ご、ごめんなさい！」

なんと、大崎は震える手を滑らせて、ハーブティーを俺の太ももにかけてしまう。

煽《あお》りまくっていた咲穂もまさかこうなるとは思っていなかったようで、気の毒そうに俺を見る。舞音も同じような表情を浮かべていた。

俺はその温度と共に、やっと思い出していた。

容姿端麗、頭脳明晰《めいせき》の才色兼備を絵に描いたようなこの令嬢は実はドジっ子だった。

……いや、よく考えたら、いつもの言動の端々にも出ているわけだが。


その後も、彼女はドジっ子令嬢っぷりを遺憾なく発揮していた。

ズボンを濡らしてしまった俺は大崎の部屋を借りて、パジャマ用に持ってきていたズボンにはき替える（大崎が俺を閉じ込めたりしないように、咲穂と舞音も同伴だ）。

脱衣所から出ると、焦げたような匂いが鼻をつく。

「平河くん、これ、どうかしら？　お香ってリラックス効果が高いらしいのよ」

「ずいぶん香ばしい匂いのお香だな？　……って、ちょっと、大崎、火！」

……なんと、お香を焚《た》いていたベッドサイドテーブルが少し焦げていた。驚愕《きょうがく》と恐怖で、おそらくマイナスポイント。

極小の小火《ぼや》騒ぎを始末したあと、大崎はヨガマットを取り出した。

「ヨガとストレッチで、リラックス効果が高まるわ。……ちょっと、全然違うわ平河くん、もっと腰を落として脚を開いて……」

「痛い痛い痛い痛い痛い！」

痛みによる悶絶《もんぜつ》で再びマイナスポイント。

そんなことをいくつか繰り返していると、咲穂と舞音は、もはや、「これはやらせておいた方が大崎すみれが損をするんじゃ……」「ですね……」と判断したらしく、自分たちの監視下で、しばらく好き放題させていた。


「はあ……。平河くん、お願い、マッサージをさせてちょうだい」

失敗続きの大崎は相当追い詰められているのか、ついに、俺に『お願い』なんて似合わない言葉を使い始めた。どうやらこれが最後の矢らしい。

「ベッドにうつ伏せになってもらえるかしら？」

俺も段々大崎がかわいそうになってきてしまい、なんとかここで挽回《ばんかい》出来るといいよな……と、素直に従う。ただ、完全にうつ伏せにして顔を枕につけると息苦しいため、首だけ横に向けた。すると。

「真一の顔、好きだなあ……」

咲穂がベッドに顎をつけてうっとりとした様子でこちらを見ていた。

首を反対側に向けると、

「お兄ちゃんの顔をこうしてまじまじと見るのは初めてですね……」

舞音が小動物的な真顔で「ふむふむ……」とか言いながら俺を観察していた。

「なあ、大崎……」

「……言わないで、分かっているわ」

つまり、大崎に背中のマッサージをしてもらってる間は、俺は大崎を見ることが出来ないため、このマッサージで分泌されたリラックスポイントは横で構えている2人に持っていかれてしまう。

でも、それじゃダメなんだ。

彼女たちからもらえるリラックス値を公平に知りたい俺からすると、こういった状態は歓迎されたものではない。

「平河くん？」

だから俺は、枕に顔をうずめる。

「これなら、誰も見えてないだろ？」

「平河くん……！」

モゴモゴと言っていると、マッサージをしてくれるその手に優しい強さが加わった。

もうマッサージをしたところで俺には見えてないから加点もないのだが、彼女はそういうところは妙に律儀だ。

俺は、気持ちよくてうとうとしてしまう。そのまま眠りに落ちた。

「お兄ちゃん、お兄ちゃん、お兄ちゃん、お兄ちゃん、お兄ちゃん、お兄ちゃん……」

目が覚めると、いつの間にか仰向《あおむ》けになった俺の上に、舞音が馬乗りになっていた。

「……なんでそこにいて、俺の名前を呼んでるんだ？」

「古来より、お兄ちゃんに馬乗りになって起こすのが妹の役目かと」

「そんなこと実家にいた時にやってくれたことないよな？」

「…………ちょっとした冗談です」

真顔で冗談言ったら分からないじゃん……。

「で、俺を呼んでたのは？」

「サブリミナル効果です。お兄ちゃんの夢に出てみたいな、と」

「そうですか……」

ぼんやりとした答えを返していると、ドタドタという音が近づいてきた。

「ちょっと、舞音ちゃん！　また抜け駆けして！」

「そうよ、舞音さん。あなた料理をほとんど手伝っていないのにそういうことばかりするのはどうかと思うわ」

「不可解です。マノンはお兄ちゃんを起こすという、古来よりの妹の役目を果たしただけです」

「そんなこと、実家にいた時にやったこと一回もないよね？」

咲穂はなんでも知ってるな……とは、もはや怖くて言えなかった。


夕食はカレーだった。３人で仲良く（？）作ってくれたらしい。寝てただけですみません……。

さあ食べよう、とスプーンを持ったところで、俺の隣に座った咲穂が、俺の肩を叩《たた》く。

「ねえ、真一？」

そちらを向くと、咲穂はカレーを載せたスプーンを俺に差し出していた。

「あーん♪」

「あーん……？　なんで？　自分で食べれるけど……」

「もう、真一ったら、鈍感系幼馴染《おさななじみ》なんだからあ。これ食べてる間は、わたしを見て食べてくれるでしょ？　たくさんリラックスしていいよ？」

「ちょっと待ってちょうだい、品川さん」

ガタ、と大崎が立ち上がる。

「そういうことなら、３人それぞれに同じチャンスが与えられないと公平じゃないわ」

「すみれさんの理屈も、お兄ちゃんにあーんしたくて考えた咄嗟《とっさ》のでっち上げにしては、一理あるですよ。マノンもトライしたいです」

「と、咄嗟のでっち上げではないのだけれど……。まあ、いいわ。とにかく、平河くん。私のスプーンからも食べてちょうだい」

そう言って、もう2人もスプーンを差し出す。……その時、咲穂がにやっと笑ったのは、気のせいではないだろう。

「仕方ないなあ、それじゃあ、公平にそれぞれのスプーンから食べてもらおうかあ。もぐもぐしてる間はその相手を視界に入れてね？　誰のスプーンから食べるのが一番リラックス出来るか、公平に測ってもらおう。いいよね、真一？」

「あ、ああ……」

まあ、緊張状態でマイナスになる可能性もあるけど、そこも含めて公平ではあるか。

「平河くん、あ、あーん……」

「お兄ちゃん、どうぞ」

「じゃあ、真一。あーん♪」

俺はそれぞれのスプーンからカレーをいただく。

そして、咲穂のカレーを食べる時に、「なるほど」とつい口から漏れ出た。

「不可解です。お兄ちゃん、咲穂さんからもらった時だけ表情が違うですね……。咲穂さん、何かしたのです？」

「うん？　もしかして、これのことかな？」

咲穂は、テーブルの下、彼女の膝の上から、とあるものを取り出した。

「隠し味の味噌《みそ》を、ほーんのちょっぴり、わたしの分にだけ入れただけだよ？」

「味噌なんて買い物メモにはなかったはずですが……」

「自分で持ってきてたんだよ？　だって、隠さなきゃ、隠し味にはならないでしょ？」

「その準備の良さはなんんだ……？」

「お兄ちゃんは、味噌がお好きでしたっけ」

俺の疑問を遮るように、舞音が首をかしげる。

「……カレーの隠し味に味噌を入れるのは、俺の母親のオリジナルのレシピなんだ」

にたぁっと誇らしげに笑う咲穂。

「2人とも、一介のストーカーの情報量を甘く見たね？」

22時を迎えて、十条さんがログハウスにやってきた。

「デートはいかがでしたか？」

「マノンはあまり結果を残せませんでした」

「結局私はミスばかりで、舞音さんも加点したタイミングがあったようには思えないわ。残念だけど、品川さんの勝利でしょうね」

「真一への愛の為《な》せる業だね？」

咲穂はさりげなく俺の腕を抱く。

「そうですか、それでは、ポイントを発表いたします」

十条さんが１人ずつ、ポイントを読み上げる。

「平河舞音様……マイナス２００ポイント」

「マイナス、ですか」

舞音は残念というよりは驚いたという感じで、こちらを見る。

「不可解です。お兄ちゃん、どこかでドキドキしてた……ですか？」

「……なんのことだろうな」

義理とはいえ妹に抱きつかれて興奮したとは白状出来ない。

「次に、品川咲穂様……５００ポイント」

「んふふ、わたしの愛からしたら全然だけどね？」

勝ち誇ったような笑顔を浮かべてさらに身を寄せてくる咲穂。

「……やれることはやったもの。仕方ないわ」

「そして、大崎すみれ様……」

大崎が諦めたように小さく呟《つぶや》き、十条さんがそのポイントを発表する。

「1800ポイント」

「ほら、やっぱり大崎すみれはオワコンだって……せんはっぴゃく？」

「すみれさん、まさか……」

2人が驚愕の表情を浮かべる中、

「……ほえ？」

大崎が最も意外な驚き方をしていた。

そして、十条さんが改めて結果を宣言した。

「ということで、勝者は、大崎すみれ様です」

「夢でも見ているようだわ……！」

まあ、俺だけは、その結果の予想がついていたわけだが。

種明かしは、こうだ。

大崎のマッサージからその後まで仮眠をとった時に俺は夢を見ていた。

それが、大崎と一緒にいる夢だったのだ。

夢を見た理由は、簡単。

大崎の香水の匂いと同じフレグランスが、大崎の枕にもついていたから。ピローミストというやつだろう。

その香りには安眠の効果もある。眠った後にも、俺の鼻は大崎の匂いを感じ続けていた。

『視界にいる人』を『頭に浮かべている人』と定義しているなら、『寝ている間に夢に出てきた人』も対象になるということなのだろう。

つまり、睡眠という最もリラックスしていた時間にずっと視界に入っていた大崎すみれが勝利した。と、蓋を開けてみれば、文字通り夢みたいな話だった。


……そして、その1時間後。

俺は色んな意味で身体を硬直させてベッドに腰掛けていた。

この部屋は、厳重に鍵がかかっており、咲穂や舞音を含む外界からの侵入を朝までシャットアウトするらしい。その代わり内側からも出られない、という完全なる密室だ。

そんな、異常なほどの2人きりの部屋に大崎といるというだけでも緊張するのに、風呂場からは水の音がしていた。

ザァーと、シャワーから放出されるお湯の音の中に、時折ピチャピチャと大崎の動きに応じて鳴っているであろう音が混じり、なんとも生々しい。

ソファーなどもない部屋で、他に所在もなくベッドに腰掛ける。

なんとなく入り口近くの風呂場の方を見ることははばかられて、反対側の壁にかかった抽象絵画を見ていた。何が描いてあるのかさっぱり分からないが、クリーム色の部分がちょうど裸の人の形みたいに見えてきて、……いや、やばいな、俺。

素数でも数えるか、と、そんなことを思いついた矢先、不意に、ベッドが沈み込むような感触がお尻に伝わってきて、次の瞬間。

「むぐっ⁉」

「しっ」

後ろから濡《ぬ》れた手に口を塞がれた。

そのまま上をそっと見上げると、大崎が俺の頭を抱きかかえていた。

濡れた髪が俺の頰《ほお》に垂れ下がる。

どうやらバスタオルを身体に巻いて、ベッドには膝立ちになっているらしい。

ん、じゃあ、後頭部にごくごく僅かに感じる感触は……肋骨《ろっこつ》？

「何か失礼なことを考えていない？」

「……！」

もごもごと首を横に振る。

「このままお風呂場に来てちょうだい。ちょっとでも声を出したら、このままあなたを窒息死させるわ」

そう耳元で囁《ささや》かれ、俺は降伏の意味を込めて両手を挙げる。

彼女に引きずられるまま、静かに風呂場へと向かった。風呂場ではシャワーが出しっぱなしになっている。

そのままバスルームの壁に押し付けられて、今度は向かい側から手で口を塞がれた。

そのまま彼女は俺の耳元に唇を寄せて、シャワーの音に消えそうなほど小さな声で、

「平河くん、これから言うことをよく聞いて。これから話すことだけが、真実だから」

と囁く。どういうことだ……？

「まず、この恋愛留学《れんあいりゅうがく》中、私は自分の洋服に盗聴器を仕込んでいるの。自分の手で、毎日」

俺の頭に浮かんだ『なんのために？』という質問は当然だったようで、大崎は続けて説

明してくれる。

「盗聴器は5Gモバイルデータ接続に対応しているの。盗聴器に入った音声は全て録音されて、次に電波を捕まえた時に、私の実家……大崎ホールディングスに送られている。それが、私がこの留学に参加する条件だったから。ここまで分かった？」

俺は頷《うなず》く。理由はまだよく分からないが、起こっている事象は理解した。

「つまり、私が本当のことを話せるのは、裸や水着の時だけということよ。今も、部屋にある服に盗聴器が仕込まれているわ。シャワーの水音よりも大きな声を出せば、聞こえてしまうと思ってちょうだい。そこまで理解してくれたら、この手を外して発言を許可するわ。分かった？」

俺はまた頷く。

「ありがとう、平河くん」

彼女はそう言って、そっと俺の口から手を離した。

俺は、彼女にならって、彼女の耳元に唇を寄せる。お互いの耳元にお互いの唇を近づけている格好になる。

「どうして、そんなことになってるんだ？」

「はぅ……」

はぅ？

「……なんでもないわ」

なんでもないわ、などと言いつつ立っているのがつらそうに、俺にすがりつく大崎。

「大崎、もしかして、」

「んくっ……！」

「耳……弱いのか？」

「……分かん、ないっ……！」

どんどん力がなくなっていくのか、すがりつく力が強くなっていく。

「立ってるのきついか？」

「う、うん……」

しおらしく、こくりと頷く大崎の赤くなった耳を見て、俺の体のどこかが異常な反応を示し始める。おいおいおいおいおい、１、３、５、７、９……！

慌てて素数を数え始めるも遅く（ていうか奇数言ってるだけだし）、しかも、彼女の濡れた体との密着度が増し、どうしても俺の生理的欲求が反応せざるを得なくなる。

「……な、なに、してるのよ、こんな時に！」

「ちょっと、声がでかい……！」

「んぅ……！」

ていうかその吐息やめてくれよ……！

「こ、このままじゃラチがあかないわ。ちょっと我慢してね、平河くん……！」

どうしようもなくなった2人のために大崎は、

「冷たっ……！」

蛇口のノブをぐいっと回し、お湯の温度を一番低くする。

冷や水をかけられたことで2人とも、多少冷静になったらしく、やっとちょっと話せる状態になった。

「と、とにかく……！　詳しく話す時間はないわ。私、いつも長風呂じゃないのよ。今日だけ長いと色々疑われちゃう。とにかく、あなたにここで聞いてほしいことは1つよ」

なんとか立て直したらしい彼女が真剣な声で言う。

「私は、私自身が、あなたと一緒になりたくて、ここに来たの」

「大崎自身が……？　家の繁栄のためなんじゃ……？」

「違うわ。大崎ホールディングスがどうなったって構わない。政略結婚だなんていうのも、実家を欺くためだし、あなたの立場に興味があるだなんていうのも嘘《うそ》よ。本当は、私が平河くんと一緒にいたいだけ」

「それって……」

呆気《あっけ》に取られている俺の耳元から唇を離し、

「私、本当はあの日、別れるつもりなんてなかった」

大崎は俺の目をその潤んだ目で見つめる。

「平河くんのこと、大好きなの。恋してるの、愛してるの。世界の誰よりも、ずっと」

「大崎……！」

その告白は、俺にとてつもない衝撃を与える。

じゃあ、あの時なんで？　とか、そんなことすらどうでもよくなるほど、目の前の彼女は必死で、妖艶で、綺麗《きれい》で、儚《はかな》い。

「やっと、言えた……！」

そして、水に濡れていても分かるほど大粒の涙を彼女はぼろぼろとこぼして、俺の胸に顔をうずめる。

「平河くん、平河くん、平河くんっ……！　大好き、大好き、大好き、平河くんっ……！　やっと、やっと言えたあっ……！」

そして、目元をこすりつけるように、顔を一生懸命押し当てる。

ダメだと分かっていても、それが俺に正当な判断をさせないと分かっていても。

それでも、心を大きく掻《か》き乱《みだ》されてしまう。

……だからこそ、どうしても1つだけ聞く必要があった。

「……それすら嘘って可能性は、ないのか？」

その言葉に大崎はそっと顔を俺の胸から離し、もう一度真剣な顔で俺を見つめる。

「信じてくれなくて当然ね。結果的に、あんなことになってしまったし……。でも、」

そう言いながら、彼女はそっと、俺にその唇を触れた。

「……これがせめてもの証明になるといいのだけれど」

「……俺、キスされるの、初めてなんだけど」

俺が白状すると、

「あら、奇遇ね。実は、私も初めてなの」

黒い髪と睫毛《まつげ》を濡らした彼女は、イタズラな微笑《ほほえ》みをこぼした。

「初めて付き合った誰かさんが、してくれなかったからよ？」

第5章　サウナとスクール水着と怪文書

「さて、どうするか……」

場所は戻って、恋愛留学《れんあいりゅうがく》の本拠地・六本木《ろっぽんぎ》スカイタワー。

自室の机の前で、俺は腕組みをしていた。

グループデートが２つ終わった今、俺は１on１デートに行く人と行き先を２人と２カ所、選ばないといけない。

１人目の１on１デートの相手を決める期限は、明日の朝だ。

それまでに、内線で十条《じゅうじょう》さんに電話をかける段取りになっている。

１人ずつとのステータスを今一度整理する。

【追加《エクストラ》デート】に同行したのは、ディアスリーデートでは、YouTuber・渋谷《しぶや》ユウ。那須《なす》デートでは、元恋人・大崎《おおさき》すみれ。そして、元アイドル・目黒莉亜《めぐろりあ》とは、実質追加《エクストラ》デートをしたくらいの会話をすることができた。

となると、女優・神田玲央奈《かんだれおな》、幼馴染《おさななじみ》・品川咲穂《しながわさきほ》、義妹・平河舞音《ひらかわまのん》が候補になってくるわけだが。

「んー……」

行き詰まった。どうやら、少し頭がぐるぐるとしてしまっているらしい。

時計を見ると、ちょうど22時。

「……サウナ入るか」

六本木スカイタワーの64階には、サウナがあった（「蒸し《64》風呂だから64階と覚えてください」と十条さんが真顔で言っていた）。

どこかのホテルの貸切サウナを参考にしたものらしく、サウナと水風呂、シャワーと外気浴用のベランダがあり、温浴の浴槽はない。

他の施設に比べると、こぢんまりしている印象があったが、実際、1人で使う分にはこれくらいの方が落ち着くのだと利用してみて分かった。『上質』が『豪華』とは違う場合もあるということなのだろう。

無論、サウナなんていうものは、それ自体が贅沢《ぜいたく》なものだと思う。自費で行ったことは一度もない。だが、去年の今頃だったか、繁忙期のリゾートホテルで短期アルバイトをした際、持ち場が風呂掃除だったことで、何度か入らせてもらい、その愉《たの》しみを知った。

だから、スカイタワーにサウナがあると知った時は嬉《うれ》しかった。以来、毎日夕食のきっかり2時間後にサウナに入るようにしている。考え事をする時はサウナが良いらしいしな。

俺は共通のリビングに向かって冷蔵庫に入ったスポーツドリンクを取り出す。各部屋にも冷蔵庫はあるが、ここには多種多様な飲み物や軽食類が随時補充されるのだ。

64階に降りて廊下を歩いていると。

「あっ。真一《しんいち》くんだぁ」

向かい側から目をとろんとさせた元アイドル・目黒莉亜が手を振ってくる。湯上がりで蒸気した頬《ほお》と湿った髪の毛が妙に艶《なまめ》かしい。

なんとなくいつもよりも無垢《むく》な感じがするのはなんでだろう？　と見つめていた矢先、

「そんなに見ないでよぉ、すっぴんだから恥ずかしい」

と、照れ笑いを浮かべる。まじか、これがすっぴん美少女ってやつか……！

「サウナ行くのぉ？」

「あ、ああ、うん……」

自然に俺の二の腕に手を置きながら話しかけてくる莉亜に対して、俺は童貞力を発揮してしまい、目をそらす。

あーあ、このまま、『あれぇ？　お風呂上がりのりぃは刺激が強いかなぁ？♡』などとからかわれるんだろうな、と思っていたら、

「もぉちょっと早かったら一緒にサ活《かつ》出来たのにぃ。りぃ、もう入ってきちゃったよぉ」

と、残念そうな声をあげる。サ活？

「莉亜、サウナ、好きなのか？」

「うん、ハマったのは最近なんだけどぉ……」

「最近って、いつ頃？」

「えっとぉ……」

莉亜は少し唇をもにょもにょさせてから、照れくさそうに白状する。

「……ディアスリーで閉じ込められたあとぉ」

「ああ……」

たしかにあれは、高温の部屋に長時間いて、スプリンクラーの水をかぶり、外に出るという、サウナ→水シャワー→外気浴の流れと同じことをしていた。

「あの時の気持ち良さが忘れられなくてさぁ……。ライブラリーで調べたら、あの時、りい、がっつりととのっちゃってたみたいで……」

「なるほどな……」

怪我《けが》の功名というかなんというか。

「いやぁ、すごいよねぇ、サウナ……」

手のひらで頬を押さえてうっとりと言う莉亜は、いつもの小悪魔な印象よりもずっと素朴で普通の女の子という感じがした。

なんというか、俺が共学校に通っていたら、部活の合宿とか修学旅行の時にこんな会話があったのかもしれないな……だなんて想像をしてから、心の中で首を横に振る。

こんなに可愛《かわい》い子はどこの高校にでもいるものではないだろうし、そもそもそんな子とお風呂上がりに話せるほど仲良くなれるはずもない。男子校ですらぼっちなのに。

「今度は一緒に入ろぉねぇ？　真一くん」

「いや、なに言ってんだよ、無理だろ……」

「えぇ、無理じゃないよぉ？　男子は真一くんしかいないんだから、男子風呂を使ったら自動的に2人っきりの貸し切りサウナだよぉ」

それはそうかもしれないが……。

「そんなことしたらすぐにのぼせるから無理だって言ってんだよ。童貞なめんな」

「あはは、そっかぁ。じゃぁ童貞くんじゃなくなったら一緒に入ろぉね」

「なんだそれ……」

「あははぁ」

そのにへらーっと笑った顔を見ながら、口が勝手に動く。

「莉亜は、普段よりもそうしてる方が、」

「ん？」

「……なんでもない。それじゃ」

……おいおい、俺は今何を言おうとしたんだ……。

雑念を振り切るように俺は少しだけ早足で男子用の脱衣所に駆け込んだ。

脱衣所で服を脱ぎ洗い場で身体を洗ってから、バスタオルを腰に巻き、いよいよサウナ室に入る。が、しかし。

「おー。平河、待ってたよ」

「……失礼しました」

そこにスクール水着を着た現役女子高生女優がいたので回れ右する。え、俺、女子風呂に入っちゃった⁉

「ちょっとちょっと、待ってよ」

後ろから腕を摑《つか》まれるが、引っ張りながら前進する。

「ここ男性用サウナだよな⁉」

「ここ男性用サウナだよー」

「ダメじゃん！　男女逆なら大事件じゃん！　いや、男女逆じゃなくても大事件だわ！」

「おー、すごい早口。でもここには平河しか来ないでしょ？」

あくまでも穏やかにマイペースに神田は笑っている。

「だからってなんでここにいるんだよ⁉　なんでスクール水着なんだよ⁉　俺はまだ童貞くんなんだよ！」

「あはは。どうして突然、性経験を暴露しながら自暴自棄になってんの」

「論点はそこじゃない！」

「スクール水着のこと？　これは、男子校の平河が好きかなって思って」

「たしかに質問はしたけど、そこでもない！」

あと、個人的にジャージと比べるとスクール水着はそこまででもない！　理由は生々しいから！

「冗談冗談。平河に、『あたしをデートに選ばないで』って言いに来たんだよ」

その言葉に、足が止まった。

「え、なんだって？」

「どうしたの、鈍感系ラノベ主人公みたいなこと言って。聞こえなかった？」

俺が振り返ると、神田がこてり、と首をかしげた。

「聞こえたよ。聞こえたけど、その言葉の意味を聞いてるんだ」

「うん、そうだよね。ちゃんと話すから、とりあえずサウナに入ろうよ」

「それにしても、留学始まって今までこういうことなかったの？」

俺と神田は１人分の距離をあけて並んで階段状になったサウナの中段に腰掛ける。

スクール水着の美少女とサウナにいるというマニアックすぎる光景に、扇情を通り越して呆《あき》れていた。

「こういうことって、男性用サウナに誰かが侵入してくることか？」

「そう。だって、平河の貸切だってことはみんな分かってるわけだし。それこそ、品川とかさ。ストーカーなんでしょ？」

そんな普通のことみたいに「ストーカーなんでしょ？」って言わないでほしいんだけど……。

「咲穂は、俺の裸は見ようとしないから」

「へえ、どうして？」

「……さあな」

以前、『風呂に監視カメラとか仕掛けてないだろうな？』と聞いた時に、『そこだけは、彼女になって正々堂々と見れる時に取っておいてるんだ』と頬を赤らめてはにかんでいた。

そんなこと、俺の口からは言えないけど。

「へえ、そんなことが。意外と純情なんだね、品川」

「俺は何も言ってないが？」

「表情に出てるよ」

「そんな込み入った表情してねえよ……」

「あはは、面白いね」

神田の洞察力というか観察力がすごすぎて、こっちは全然面白くないんだけど……。

「……で、『選ばないで』ってなんだよ？　留学、嫌になったのか？」

「ううん、そんなことない。あたしは平河と結婚したいよ」

「じゃ、じゃあなんで？」

そのまっすぐな言葉に多少たじろぎつつも、聞き返す。

「1 on 1って、2人しか選べないわけでしょ？　でも、平河の中で候補はあたしを含めて3人いる。違う？」

「まあ、な」

これは神田じゃなくても予想出来ることだろう。

莉亜とはディアスリーの控室で、ユウとはディアスリーの追加《エクストラ》デートで、大崎とは那須の追加《エクストラ》デートで、それぞれ2人きりで話す場があった。それと比較すると、咲穂、舞音、神田との3人とは、まだ留学に来てからじっくり話せていない。

「そして、あたしは最有力候補だよね。今回が初対面だから」

「その通りだよ。なのに、どうして？」

「んー……」

神田は少し考えるような素振りを見せてから、ハの字の眉で微笑《ほほえ》む。

「『平河に後悔しないでほしいから』かな。あたしが選択肢をなくしてあげることで、平河がする後悔が1つ減るならその方がいいかなって。だから『あたしじゃなくていい』じゃなくて、『あたしを選ばないで』」

「ん……？」

俺は彼女の嘘《うそ》を暴くべく、顔をじっと見つめる。

「どうしたの、そんなに見つめて。平河って、2人きりになると結構大胆になるタイプ？」

「い、いや……！」

俺は自覚以上に近くなっていたその距離に自分で驚いて、少し身を離そうとする。

その時、

「誰にも見つからないし、誰にも言わないよ」

と、彼女は俺の腕を摑んで引き留めた――いや、引き寄せた。

「神田……?」

「この留学って不思議だよね。平河は、まだ恋人でもない人と結婚の約束までしないといけない。あたしなんて、平河とまだ友達にもなれてないのに」

気付けば、俺は神田をサウナの段差で壁ドンだか床ドンだかをするような体勢にさせられている。

「でも、裏を返せば、恋人っぽいことも、この留学の間にしておかないといけないってことだよ。そう思ったら、一足飛びで平河がそういうことをしようとしたところで、誰も平河のこと、責められない。だから、さ」

心臓がドクドクと脈打つ。喉がカラカラだ。

サウナの効能なのか、目の前にあるきめ細やかな肌と色香のせいか。

頭がクラクラし始めた時、神田がその艶《つや》めく唇で囁《ささや》くように呟《つぶや》く。

「……いいよ、平河」

「やっほぉ！　りぃ、再登場！♡　って、えぇぇぇぇ！　真一くん!?」

と同時、眩《まぶ》しいほどに明るくイタズラな声がサウナに飛び込んできた。

「り、莉亜⁉」「目黒……！」

「ちょっとちょっと！　２人でこんなところでナニしてるのぉ⁉　真一くんが１人きりだからサプライズ訪問しようと思ったのに！」

「違うんだ、莉亜、話を聞いてくれ。これはそうじゃなくて……」

口にして分かった。これは超絶ベタな浮気者のセリフだ。

「じゃあ、あたしは都合のいい浮気相手役ってところかあ」

相変わらず冷静に神田が状況分析をする。サウナでスクール水着のくせに。

「何変なこと言ってるのぉ⁉　りぃ、怒ってるよ⁉　真一くん、りぃには結局手を出さなかったくせにそうやって……、って痛っ⁉」

「大丈夫か⁉」

怒りに身を任せて足元が疎《おろそ》かになっていた莉亜は、こちらに歩み寄る際に、つまずいて転んでしまう。

「あちゃー……」

「痛いよぉ……！」

「いや、ていうか、莉亜……」

涙目で足元をさする莉亜のバスタオルが、あまりの動きにはだけてしまっており、俺は反射的に目をつぶる。

それにしても。

「……助かった」

そう呟いたのは、俺だった気もするし、神田だった気もする。


とりあえず脱衣所まで莉亜を連れ出して、俺はトイレの個室で着替える。神田と莉亜は脱衣所で着替えていた。男湯なのに隔離されるのが俺なのは若干納得いかないが。

トイレの扉を内側からノックすると、「もう服着たよー」と返事があるので、脱衣所に戻る。パジャマは着ているものの、莉亜が椅子に座って赤くなった足首を押さえていた。

「おい、大丈夫か？」

「うぅん……。真一くん、おんぶしてぇ……。歩けないぃぃ……」

「ええ……。肩貸してやるからおんぶはさすがに……」

「うぅ……。りぃだってまのんと同い年なのに、真一くんは、まのんばっかり甘やかすぅ……！　りぃだってお兄ちゃん欲しい……！」

「別に舞音のこと甘やかしたことないんだけど……」

というより、『甘やかさせてもらったことがない』という方が正しいかもしれない。

「なあ、神田……」

「知らないよ、自分でなんとかすれば？」

俺が助けを求めようと神田を見上げると、なぜかすげない態度が返ってきた。

「なんでいきなり怒ってんの……？」

「それ」

神田は俺の服を指さす。

「そのスウェット、渋谷にもらったやつでしょ」

「ああ……そうだな？」

だから？と怪訝《けげん》な顔を向けると、神田は少し頰《ほお》を膨らませた。

「あたしの前で他の子からもらったプレゼント着るって、どうなの？」

「いや、神田がいるって知らなかったし。そもそも別に俺のものだし」

俺が答えると、「んんー」と喉を鳴らす。

「デリカシーが足りないんだよなあ、平河は」

その表情はうっかり、本当にヤキモチを妬《や》いているように見えてしまいそうで、俺は彼女がトップクラスの女優であることを改めて自分に言い聞かす。

これは演技、これは演技。

「ねぇ、りぃのこと、ほっとかないでよぉー!!」

結局、莉亜をおんぶして部屋に送り届けてからリビングに戻ると、

「平河くん……」「お兄ちゃん……！」「また他の女と……」

大崎、舞音、咲穂が順にこちらに反応した。咲穂は俺をきつく睨《にら》んでいる。那須の帰り以来、なんか不機嫌なんだよなあ……。

リビングのローテーブルの周りにはソファーがあるのに、なぜか全員が立っている。大崎と舞音はずいぶんと怯《おび》えたような、困ったような表情を浮かべていた。

そんな中、ユウが片手でテーブルの上を撮影しながら、もう片方の手で、俺を手招く。

「シン、ちょっと、これ見て！　ていうか、それアタシがあげたスウェットじゃない、気に入ってくれたの？」

「ほーら、渋谷が喜んでる」

相変わらずヤキモチ焼きの演技をしながら追及してくる神田の視線をかいくぐり、テーブルの上を見ると、新聞の切り抜き文字がコピー用紙に貼り付けてある、いわゆる怪文書があった。

そこに貼り付けられていた言葉は。

『この中にズルをしている人がいる』


「何だ、これ……？」

「告発文みたいだね」

　神田が探偵みたいな顔をして、ふむ、と覗き込む。

　筆跡が分からないように、という狙いなのだろうが、刑事ドラマの犯行声明でしか見ないような怪文書を実際に見ると、背筋がぞくっとした。

「神田はこういうの怖くないのか？」

「ん？　全然？　ドラマの撮影とかで見たことあるし」

　ええ、じゃあ、ホーンテッド・パレスのあれは本当に全部演技だったんだ。そっちの方が怖いわ……。

「で、誰が見つけたんだ？」

「マノンです。20分くらい前にリビングに来たら置いてありました」

　俺が聞くと、舞音がすぐに手を挙げた。こういうのは、第一発見者が真っ先に疑われるものだが、それを分かっているのか、いないのか……。

「俺がサウナに行く前に飲み物を取りに来た時にはなかったから、俺がサウナに行ったあとに置かれたものなんだろうな」

「この中の誰かが置いたのかしらっ？」

「十条さんってこともあるんじゃないかな」

「飲み物を補充してくれるスタッフの人たちも入れたらもっと可能性は増えるけれど……でも、こんなことする動機が分からないわね」

ユウ、神田、大崎が順に首をかしげる。

「これ、ちょっと借りてもいいか」

俺はひとまず、その怪文書を持って、自室に戻ることにした。


1on1デートの相手に加えて、考えることが2つも増えてしまった。

1つは、『怪文書の主』。誰が作ってリビングに置いたのか。

もう1つは、この怪文書が示す『ズルをしている人』とは誰なのか、だ。

『ズルをしている人』の可能性が高いのは、普通に考えれば、現状追加デート《エクストラ》を手にしたユウと大崎だろう。

であれば、『怪文書の主』はそれ以外の4人だと推測出来る。『ズルをしている人』自身が自責の念に駆られて自白するならまだ分かるが、他の人が告発するようなふりをして自分を指す意味がない。その上、神田と莉亜にはアリバイがある。

正確には、莉亜は64階の廊下で会ってから男性用サウナに入ってくるまでの間の数分間はアリバイがないが、リビングに行ってこの紙を置いて戻ってくるには時間がなさすぎる。

だとすると、『怪文書の主』として怪しいのは、咲穂と舞音、そして十条さん含む運営サイドの誰か、だが、このタイミングでこの怪文書を滑り込ませる意味や、これまでのみんなの行動を考えると……。

翌朝。

俺は十条さんの部屋をノックする。

「真一様。……直接いらして、いかがなさいました？」

「最初の1on1デートの相手が決まりました」

「……なるほど、そうですか。それでは、教えてください」

「はい、最初のデートは――」

第6章　ニューヨークの恋人（仮）

『咲穂《さきほ》が可愛《かわい》いことで、なんで咲穂が嫌な思いしなきゃいけないんだよ』

その一言が始まりだったと、いつか彼女が言っていた。

咲穂とは家が近所だったのと幼稚園が一緒だったので、付き合いはその頃からだが、咲穂が俺のストーカーを始めたのは、あの修学旅行の後からだった。

＊＊＊

小6の春に行った修学旅行。行き先は、定番の京都だった。

市内観光の自由行動の時間、当然のようにひとりぼっちの俺は当時まだひとりぼっちであることが恥ずかしく、みんなの行きそうにないスポットを探していた。

そして見つけて入ったのが、鴨川《かもがわ》沿いのスターバックス。

そこはかなり繁盛しているスタバだが、小学生にとってスターバックスはかなり高価なお店だったので、入ってくる同級生もいないだろうという目算だったのだ。

結果としては成功で、俺が避けたいと思っていた同級生に鉢合わせることはなかった。

ただ1つ誤算があったとすれば、テラス席で1人、静かに涙をこらえる幼馴染《おさななじみ》がそこにいたことだった。

「咲穂。1人で何やってんだよ？」

驚いた風に俺を振り返った咲穂は、見つかったのがバツが悪かったのか、

「真一《しんいち》だって1人じゃん……」

つんとした態度を見せる。

「それはまあ、そうだけど……。でも、俺と咲穂は違うだろ」

「何が違うのかな？」

「咲穂には友達がいるじゃんか。今日だって元々一緒に回る予定だったんじゃないのか？あの、髪型縦ロールの女子とかと……」

「そうならなかったから、こうなってるんじゃんかあ……ぅううう……！」

「な、泣くなよ……！」

話しながら泣き出してしまった咲穂をなだめながら話を聞いてみると、彼女はこうなってしまった経緯を説明してくれた。

話は呆《あき》れるほどシンプルで幼稚だった。

昨日の夜、クラスで1番モテている男子が咲穂に告白した。

特に彼のことが好きじゃなかった咲穂は、彼を振った。

学年中の人気者がしたその告白は、一夜のうちに、周知の事実となった（俺は知らなかったけど……）。

その男子のことを好きだったリーダー格の女子——つまり、縦ロールの女子が、咲穂に対して「調子乗ってるんじゃない？」とだけ言い放ち、一緒に回る予定だった他の女子と共に咲穂を置き去りにして自由行動に旅立ってしまった。ということらしい。

「……なんだそれ」

人間関係なんて、あったって重荷になるだけなんだ、と俺は実感する。

「わたしが告白を断らなかったらよかったのかなあ……」

「それは全然意味分かんないだろ。相手が縦ロールだったらそれでも無理だよ」

「縦ロールって呼び方……！　あの子にはちゃんと立野真希《たてのまき》って名前があるのに」

裏切られたにもかかわらず、縦ロールのことを庇《かば》う咲穂。ていうか名が体を表してるなあタテノマキ……。

「どちらにせよ、縦ロー……立野？が嫉妬深い以上は、その男子に告白された時点で立野との関係はこじれることが決まってただろ」

「じゃあどうすればよかったの……？　ううううう」

また泣き出しそうになる咲穂をなだめようと、慌てて俺は立ち上がる。

「どうにかしようとしなくていいんだって。そんなやつらこっちから願い下げだろ。咲穂は悪くないいんだから」

「悪くない……？　わたしのせいじゃないの？」

俺は頷《うなず》きを返して、やけに雄弁に——いや、今思うと本当に小学６年生のどこにそんなことを飄々《ひょうひょう》と言ってのける勇気があるんだと思うけど——、例の一言を告げた。

「咲穂のせいじゃないだろ。咲穂が可愛いことで、なんで咲穂が嫌な思いしなきゃいけないんだよ」

すると、きょとんとしたように咲穂は目を丸くする。

「わたし……可愛い？」

「可愛いから告白されたんじゃないのか？　いや、性格が良いとかなのかもしれないけど……とりあえず、魅力的ってことだろ？」

「お嫁さんにしたいくらい可愛い？」

「いや、あくまで一般論として言ってるだけで……」

飛躍した咲穂の反応をやんわり否定すると、また咲穂は大きな瞳に涙を溜《た》める。

「ほーら！　やっぱりわたしなんてどうでもいいんだ！　そうやって『いっぱんろん』と

かむずかしい言葉で煙に巻いて！」

「『煙に巻く』って表現がすらっと出てくる方がすごいんだけど……」

「どうせわたしなんて嫌われて当然なんだ！　うわあああああ」

そう言ってまた泣き始める咲穂。

「いや、分かったよ、可愛いよ！　お嫁さんにしたいくらい可愛い！」

その場しのぎの一言が彼女に届いてしまった決定的瞬間だった。

「ほんと……？」

「あー、ほんとほんと」

「んふふ、そっかあ」

涙を拭って上機嫌に笑う咲穂を見ながら、俺はその時既に、彼女の本質に気付いていたらしい。

「咲穂って、情緒不安定で怖いな……」

＊＊＊

そんなことを思い出していたのは、やはり彼女の情緒不安定さが高校生になっても直っておらず、俺の目の前で露見しまくってるからだろうか。

「おーい、咲穂さん……？」

「……何かな？」

飛行機は、高度約1万メートルの上空。

高校生2人組には分不相応なファーストクラスのペア利用のシートで、彼女は俺を睨《にら》む。

せっかくの1on1デートにもかかわらず、彼女は、ずっとこんな調子だ。

正確に言うと、1on1デートに出発してからどころではなく、那須のグループデートの帰りから、ずっと。

最初は眠いだけとか、ちょっと虫の居所が悪いだけとか、他の花嫁候補（主に大崎《おおさき》）につんけんした態度を見せたいだけくらいに思っていたのだが、どうやら本気で腹を立てているらしい。ここまで長期間むすっとしていることは、俺も長い付き合いの中で2回目

――俺が大崎と付き合うことになった時以来だった。

「何回も聞くけど、なんか怒ってるのか？」

「何回も『別に怒ってない』って答えてるよね？」

六本木に帰ってきてからは、なぜ怒っているのかを謎にすることで、1on1デートに誘わせるための作戦なのかもしれないと思っていた。

ちょうど確かめたいこともあった（というか出来た）ので、一旦はその作戦に乗ってや

ろうと思って1on1デートに誘ったわけだが、デートに来てもなお不機嫌ということになってくると、いよいよ何が目的かも、その理由も分からなくなってしまう。

……いや。

実を言えば、どうして彼女が怒っているのかはなんとなく察しがついている。

ただ、それを知ったであろう方法のことを考えると、素直に受け入れられないというか。

なぜならそれは、咲穂が俺のストーカーだからこそ知り得た情報だろうから。

「……もしかして、俺がキスされたことを怒ってるのか？」

「……!!」

その単語に大きく目を見開いて俺をもうひと睨みした彼女は、シートの上で体育座りをして、ブランケットを頭から被った。どうやら、図星らしい。

俺は小さくため息を漏らす。

大崎があの夜のことをわざわざ人に、ましてや咲穂に話すとは思えないから、咲穂があの夜の風呂場での会話をなんらかの方法で聞いていたということになる。

「通気口、か？」

「…………」

無言のまま拗《す》ねたように唇をとがらせる咲穂。

窓やカーテン、扉を完全に閉め切って物理的な侵入を阻むことは出来たとして、空気を閉じ込めることは出来ない。というか、すると俺たちの命が危ない。

特に宿泊施設の風呂場の通気口は各部屋が繋《つな》がっていることも多く、ビジネスホテルなどで隣の部屋の浴室から鼻歌が聴こえてくるなんてザラだったりするらしい。

咲穂がそれを利用していつも通りストーカー的な盗聴行為に勤《いそ》しんでいたところ、俺と大崎の風呂場での会話を聞いてしまったということなのだろう。

シャワーよりも小さな声で話していたつもりだったけど……。せめて大崎の盗聴器に録音されていないことを祈る。

まあ、聞かれてしまったものは仕方ない。

とはいえ、こうも不貞腐《ふてくさ》れてコミュニケーションが取れないままだと、１on１デートに咲穂を誘った意味がない。確かめたいことも確かめられないまま終わってしまう。

「なあ、咲穂、あれは」

「やだ、聞きたくない」

被ったブランケットをかき合わせて、膝を抱え、よりいっそう小さくなる。

「咲穂……」

「聞きたくないってば！」

咲穂は耳を押さえて大声をあげた。

わめき声は一瞬機内の反感を買っただろうが、そこはさすがファーストクラス。扉を閉めて個室状態になっているため、声の出どころまでは判別されなかったようで、すぐに静寂が戻ってくる。気のせいだろう、と処理してくれたようだ。

とはいえ、もう1、2回わめけば、客室乗務員さんも制止しに来るだろう。なんせここはファーストクラスだ。

弱ったな……と、頭をかいていると、ブランケットの隙間から濡《ぬ》れた瞳で俺を見てくる。

「わたし、ずっと大切にしてたんだよ？　真一のファーストキス」

なんで俺のファーストキスを咲穂が大切にするんだよ。と、喉まで出かかったが、さすがにそれを言うとまた彼女が癇癪《かんしゃく》を起こすのは明らかなので、ぐっと呑《の》み込む。

ていうか俺が大崎と付き合っていた時期はあったのに、当然のように先日のあれをファーストキスだと断定するっていうのは、つまり彼女がストーカーとして、その時期も俺をほぼ24時間監視していたことに他ならないんだけど……。

してるかもしれないじゃん。してても変じゃないじゃん。してないけど。

「それなのに……うぐっ……」

どうやら俺のファーストキスを想像して、嗚咽《おえつ》を催してしまったらしい。

「だいたい、なんで一緒にお風呂なんか入ってたのかな？」

「あれ？　その理由は分からなかったのか？　聞いてたのに？」

「うん……だって真一たち、意味分からないくらいこしょこしょ声で話してるんだもん。大崎すみれの声は聞こえなかったよ」

「俺の声は大きかったのか？」

大崎の声の方が高くてよく通りそうなもんだけど……。

「ううん。騒音の中でも真一の声だけ抜き出して聞き取る能力がわたしにはあるから……」

「ああ、そう……」

なんかしおらしいトーンで怖いこと言ってるこの人。

「その中でもわたしが聞き取れたのは３つだけ。それは、」

「言わなくていい」

「『大崎、もしかして、耳……弱いのか？』『立ってるの、きついか？』」

おいおいおいおいおいおいおいおいおい！

俺が制止するのも構わず、咲穂は発表する。

「『……俺、キスされるの、初めてなんだけど』って……ぅぐぅぅ……！」

「やめてくれ……！　死ぬ……！」

俺の方だけ抜き出されると羞恥心《しゅうちしん》へのダメージが倍増する……！

「大崎すみれからだったのがせめてもの救いだけど、だけどっ……！　でも、わたし、真一のファーストキス、守れなかったよ……！」

顔から火が出るほど恥ずかしがっている俺の横で、なんだかバトル漫画の主人公が初めて敗北したみたいに悔しがってる。

おかげでほんの少し平常心を取り戻せた。

「……なあ、咲穂」

「何かな？」

咲穂が涙目のまま片眉を釣り上げて俺を睨んでくる。

俺は、音声だけで誤解をしている彼女に事実を白状した。

「頬《ほお》にされたキスも、ファーストキスって言うのか？」

「……ほ？」

咲穂が素っ頓狂な声をあげる。『ほ？』って。

「え。ほっぺって何？　どういうこと？」

「どういうことも何も、そのまんまだよ。唇のキスはしてない」

「ほんと？」

「本当」

咲穂をなだめるための嘘《うそ》ではない。

あの時、大崎がしたのは、俺の頬へのキスだった。

「なんだ。そう、なんだ……！」

咲穂は、にへへ、とさっきまでの不機嫌が嘘のように笑ってから、

「でもさ、真一？」

ともう一度俺を睨む。いや、なんでまた怒ってるんだよ……？

「ほっぺのキス、初めてじゃないよね？　わたし、小学生の頃、真一のほっぺにちゅーしたことあるよ？」

「ああ、そうなんだ……」

「したじゃん！　わたしが初恋の証《あかし》として、あの時に……」

そこまで言って、咲穂はそっと口をつぐむ。

「……やっぱりいい。自分で思い出してもらいたいから、まだ教えない」

誤解は解けて（?）、飛行機は目的地・ニューヨーク市マンハッタン区に到着する。

マンハッタンは東京でいうと銀座と表参道と六本木と新宿と新宿御苑《ぎょえん》を一ところにまと

めたような街並みだ。要するに、ザ・都会。元祖メトロポリスって感じ。

黄色いタクシーも、摩天楼も、海外映画からそのまま抜き出してきたような世界観だ。

そして、道が碁盤の目のように整って交差しているのも特徴の1つだろう。

ちなみに十条《じゆうじよう》さんは、俺たちを黒塗りのリムジンでマンハッタンの中心地でもあるセントラルパークの端っこまで送ると、「あとは若いお2人で」と冗談じみたことをいたって真顔で言ってから、俺たちの荷物ごとホテルに向かった。

「さて、どうするかな」

やっとスタートラインに立てた俺は、今回の目的を自分に対してリマインドしていた。
①咲穂は『怪文書の主』か？
②初恋がもし成就したら、咲穂の態度はどうなるのか？
その2つを確かめるために選んだのが、ここ、マンハッタンだ。

「ねえ、真一？」

咲穂がさりげなく俺の腕に自分の腕を絡ませながら見上げてくる。

「どうしてマンハッタンを選んでくれたの？」

「分からないか？」

「んふふ、じゃあ分かるー」

俺が聞き返すと、咲穂は上機嫌そうににやけた。

咲穂は、ことあるごとに、『わたしたちの新婚旅行はマンハッタンに行くんだもんね？』と、まるで2人で決めたことみたいに言っていた。

マンハッタンという旅行先にも、そもそも新婚旅行に行くことにも賛成した覚えはないが、咲穂がそう言うのだから、少なくとも咲穂にとってここはそういう場所だ。

ならば、俺とマンハッタンに来た時、つまり『結婚したらやりたい大きなイベントを叶《かな》えた』時に、彼女がどんな変化を見せるのかが気になっていた。それは今回のデートでというよりは、きっと帰った後の彼女の態度に出てくることになるだろう。

そして、咲穂が怪文書の主かどうかは、今夜には分かるはずだ。

まあ、とはいえ、一応聞いてみるか。

「なあ、咲穂は、あの怪文書が発見された時、何してたんだ？」

俺が聞くと、数秒前までへらへらしていた肩をギクッ!!と跳ねさせた。

「……へ、部屋にいたよ？」

「誰の部屋だ？」

「そ、そりゃあ、自分のじゃないかな？」

なんで疑問系だよ。

「そうか。つまりやっぱりあの夜、咲穂にはアリバイがないってことだな？」

「そうだね、残念ながら……。あ、真一！　ホットドッグだ！　食べよっ！」

話題を無理やりそらすように、彼女はホットドッグの屋台を指さしてそちらに向かう。


1日目は到着が遅かったこともあり、カフェ的なところでアメリカンサイズの夕食を食べて、ホテルに向かった。高校生だけで歩くには、夜のマンハッタンは物騒だ。

ホテルに着くと、咲穂と俺はそれぞれでチェックインする。ルームキーは、海外のホテルにしては珍しく、鍵を鍵穴に挿し込むタイプだった。

「それじゃあ、おやすみ。真一」

「……ああ、おやすみ」


午前2時。

カチカチ……かちゃっ。ぎぃー……。かちゃっ。

こっそりと扉が開いて、ゆっくりと閉まる音がした。

俺は内心でため息をつきながら、侵入者が次に向かう方向を察知するために、聴覚を研ぎ澄ます。

何かを盗まれるのか、それとも……。

と、心配していたのも束《つか》の間《ま》、その抜き足差し足はこちらに近づいてきて、そして。

もぞもぞもぞもぞ。

俺の眠るベッドに潜り込んできた。

そして背中側から、俺の腰回りを物色するみたいに触り始める。

「……そういうことは付き合えるまではしないって言ってなかったか？」

「あ、起こしちゃった？」

侵入者——品川《しながわ》咲穂は悪びれる様子もなく、あっけらかんと応じた。

「そもそも寝てない。おちおち眠れやしないだろ。咲穂、いつの間に」

俺は認めたくない事実を尋《たず》ねた。

「ピッキングの技術なんて習得した？」

「そんなの、知ってて当然な当たり前の常識だよ？」

「知らなくて当然で咲穂は非常識だと思うんだけど……」

ピッキングもストーキングも犯罪だっての。

「つまり、咲穂には、アリバイがあるってことだな……」

「怪文書の夜のこと？」

「そう。あの日、怪文書を持って部屋に戻ったら、歯ブラシが新品になっていた。つまり、俺がサウナに行くために部屋を出て、怪文書を持って戻るまでの間に誰かがそれを盗んで取り替えたことになる。そんなことするのは咲穂だけだ。だけど、当然俺しかあの部屋の鍵は持ってない。つまり、咲穂はピッキングの技術を持ってるということになる」

「真一はなんでも知ってるんだね？」

咲穂のことだけだよ、とは言わない。

「だから、カードキーじゃなくて錠前式の鍵のホテルを調べて、十条さんに予約してもらったんだ。鍵の様式なんかサイトには載ってないから、調べるのが大変だったよ」

「わあ、真一はそれを調べてる時、ずっとわたしのことを考えててくれたんだ？」

本当に嬉《うれ》しそうに彼女が言う。ヤバ女じゃん……。

「ていうか、あの盗んだ歯ブラシって、いつもどうしてんの？」

「何してると思う？」

「あ、やっぱりいいです」

答えを聞くのが怖くて敬語で蓋をした。「どうしてんの？」の返事が「何してると思う？」って。

「……それで、今日も歯ブラシでも盗みに来るのかと思ったんだけど。どうして今日はべッドに入ってきた？　実は俺が気付いてないだけでいつもこういうことしてるのか？」

「ううん、今日が初めてだよ？」

そんなことを言いながら、咲穂は俺を背中から抱きしめる。中学時代から急成長した柔らかい感触がその大きさを主張する。

いくら幼馴染《おさななじみ》相手でもどこかが変な反応を示しかねない。ていうか今ちょっと前屈《まえかが》みになり始めています。

「じゃあ、どうして？」

「……夜這《よば》いだよ？」

咲穂は一瞬逡巡《しゅんじゅん》するような間をあけてから、耳元で囁《ささや》く。

「大崎すみれがキスしたのがほっぺだっていうのは分かったよ？　わたし、真一のこと信じてる。真一が嘘つく時のクセも出てなかったし。でも、さ、」

彼女はすっと声の温度を落とした。

「大崎すみれが唇にキスしようとしてたら、真一は拒否してくれてたかな？」

「……どうだろうな」

実際問題、拒否するとかしないとかそういうことではなかった。『これからキスするわよ』と言われたわけでもなく、咄嗟《とっさ》のことだったから、俺の愚鈍《ぐどん》な反射神経では、どうこう出来るものではなかっただろう。

「でしょ？　だから、奪われちゃうくらいだったら、わたしが先に、全部もらっちゃおうかなって思って」

「っ……！」

そう言いながら、咲穂は俺のうなじのあたりをぺろっと舐《な》めた。その蠱惑的《こわくてき》な感触に全身に鳥肌が立つ。良い鳥肌か悪い鳥肌かは分からないが、いずれにせよ身体中《からだじゅう》に痺《しび》れるような感覚が走った。

「わたしが一番、真一の初めてを大事にしてるのに、真一が勝手に、誰かにあげちゃダメだよね？」

そして、Tシャツの中に右手を入れてきて、

「……!?」

つぅー……っと、人差し指を俺の胸の上に、触れるような触れないような力加減で這《は》わせる。

「それにさ、この留学が終わったら、真一はわたしと婚約するでしょ？　わたしが勝つから。だから、真一と『恋人』になることってないいんだって気付いたんだあ。ああ、さみしいなあ、もったいないなあ。恋人同士になりたかったなあ。でも、逆に考えてみたら、今

が恋人みたいなものだなって気付いたの。恋人（仮）というか、実質恋人だよね？　ちょっとモテすぎちゃって、公然と六股もかけてる困った彼氏くんだけどね？」

謎理論を展開しながら、自分の太ももを俺の太ももに乗せるように絡めてくる。

「だから、実質恋人のわたしに、真一の初めてをちょうだい？　それで、」

俺の硬直している手をそっと自分の太もものあたりに導いた。

「わたしの初めてをもらってよ」

「お、おい……！」

どうなってるんだ、咲穂。……まさか、本気なのか？

「ずっと触りたかった、ずっと触ってほしかった、ずっと知りたかった、ずっと知ってほしかった、ずっともらいたかった、ずっともらってほしかった、ずっと、ずっと、ずっと、ずっと……！」

俺は辛抱たまらず、

「咲穂、そうじゃないだろ」

彼女の肩を摑《つか》んで、ベッドに押し倒す。

「こんなやり方を続けるなら……」

フラワーセレモニーで落とすぞ、と言いそうになってやめる。

脅迫は俺の最も憎むべき手段だし、咲穂が行動を改めたって彼女を落とす可能性がある以上、無意味な約束だ。俺が下唇を噛《か》んでいると、

「……真一、本当にかわいそう」

俺の頰《ほお》に咲穂が手を添えた。

「真一が人脈ミニマリストになった本当の理由、わたし、知ってるよ？」

「は……？」

咲穂は、瞳を潤ませて話し始める。

「真一は、本当は誰よりも優しくて、人が傷付くのを見るのが堪《た》えられないんだよね？　誰かを傷つけるなんて、一番したくないことなんだよね？　だから、そうならないように、みんなを遠ざけてるんだよね？」

「……！」

「なのに、誰かを傷つけないといけないプログラムに巻き込むなんて、真一のママも、ひどいことするよね」

その慈悲深い表情に、俺は自分の目が見開かれるのを感じた。

「だから、それ、全部わたしが引き受けてあげるよ？」

「どういうことだ……？」

「わたしが、ニューヨークに真一を監禁してあげる」

そう言って、彼女はいつの間にかくすねていたらしい俺のパスポートを、自分のズボンの内側にしまった。……くそ、夜這いは嘘《ブラフ》で、それが狙いだったか。

「真一のパスポートは、今、わたしが盗んだ。真一は、わたしがいないと日本に帰ることも出来なくなった。だから、真一は被害者の顔をしてれば大丈夫だよ？　それで、５年前からの予定通り、このままニューヨークで新婚旅行しよう？」

「……ダメだ、咲穂」

「どうして？　この方法なら、真一は誰も傷付けずに、留学を終えることが出来るよ？」

心のどこかに、一瞬だけ、魅力的な提案だと思ってしまう自分を見つけた。

でも、ダメなんだ。そういうことじゃないんだ。

「俺は、自分で納得して、この留学に参加してる。咲穂の提案に乗るわけにはいかない」

そして俺が震える手でパスポートを取り返そうと手を伸ばすと、

「……真一のばか」

咲穂は瞳に浮かべていた涙を拭って、ベッドからするりと抜け出す。

そして、洗面所を経由して、彼女は部屋から出ていった。

この空気でも歯ブラシは持っていくんだ……と、呆気《あっけ》に取られたあとに、俺は自分の額を手のひらで覆った。

「いや、それよりパスポートどうするんだよ……」


翌朝。

新しい歯ブラシで歯を磨いている俺の部屋のドアがノックされる。

扉を開くと、十条さんが立っていた。

「品川様が、スーツケースを持って、チェックアウトしてしまいました」

「チェックアウト……？　じゃあもうここに咲穂はいないんですか？」

「ええ。そして、こちらが、品川様の部屋で発見されました」

十条さんが差し出したメモ紙に書かれていたのは。

『真一へ　初恋の場所で待っています。　咲穂』

「うわー、ヒント少ねえ……！」

初恋の場所ってどこだ？　さすがに京都にいるんじゃないだろうし、でも、マンハッタンなんて、一緒に来ること自体初めてだってのに……。

ヒントはきっと、修学旅行のあの日にある。

俺はあの日、スタバを出てからのことを、もう一度思い出す。

＊＊＊

「え、パンツからお金出したの……⁉」

お茶が飲みたいと思って自動販売機の前で俺がお金を出した時に、咲穂が目を見開く。

「いや、パンツじゃなくて……。ズボンとパンツの間に薄いウエストポーチをつけてるんだよ。ここなら、さすがにスリにあうこともないし、両手が空いて楽だし」

「へえ……。そんなのあるんだあ」

「低学年の頃、ニューヨークに連れてかれた時に、危ないからって言ってパスポートをここに入れて行動してたんだ。寝る時もな。旅行中、スリにあうか心配するの嫌だろ？」

結局そのあと2人で鴨川《かもがわ》沿いを歩いたりして、自由行動の時間を過ごして、集合場所に戻ることになった。

その道すがら、咲穂が俺の服を引っ張る。

「真一、京都来たことあるの？　よく地図も見ないで歩けるね？」

「京都の街は上から見ると碁盤の目みたいになってるだろ？　だから、自分がどこに立ってるか、地図を見なくてもだいたい分かる。……って、事前学習で教わっただろうが」

「そうだっけ……？」

「いや、なんのために授業受けてるんだよ」

「うーん……？　それ、多分だけど、真一以外誰も覚えてないよ？」

「嘘だろ……！」

じゃあ授業中みんな何してんの？　逆に暇じゃない？

「他にもそういう街ってあるのかな？　出来れば海外で」

「なんで海外？　うーん、どうだろう。あー、さっき話したニューヨークのマンハッタンがそうとか言ってたかな」

「マンハッタン？　どこ？」

「ニューヨークだっての。アメリカ。あそこも街が碁盤の目みたいになってて、その脇にイーストリバーって川があるんだよ。京都で言う鴨川みたいな感じなんじゃないかな。イーストリバーには行ったことないから知らないけど」

俺が懇切丁寧に説明すると、咲穂はふむふむと聞いてから、にこっと笑う。

「じゃあ、新婚旅行はそこに行こうね！」

「ああ、新婚旅行な……え？　新婚旅行？　行こうね？　誰が？」

戸惑う俺の頬に、咲穂は、そっと唇を押し当てて。

「わたしたちに決まってるよ？　そしたら、その時はまた同じようにわたしを――」

＊＊＊

「そっか、新婚旅行って、あの時に……！」

思い出し、ひらめき、俺はつい口からこぼしていた。

そっか、だとしたら。

『そしたら、その時はまた同じようにわたしを――』

長い付き合いだ。その先に続く言葉くらい分かる。

『――見つけてね』


「……って、スタバ多すぎだろ⁉」

1時間後、俺は、イーストリバー沿いのスターバックスを片っ端から巡っていた。

日本と違って、マンハッタンでは1ブロックごとにスタバがある。日本で言うコンビニと同じくらいの頻度だ。イーストリバー沿いに限定したところで全然多かった。鴨川沿いとは比べ物にならない！

15軒目くらいのスタバのテラス席に、やっと彼女の姿を見つけて、声をかける。

「はあ、はあ……。咲穂、1人で何やってんだよ？」

「真一のこと考えてたに決まってるよ？」

「で、なんでこんなことしたんだ？　昨日のことがそんなに腹立たしかったのか？」

カフェラテを頼んで、彼女の隣に座って聞いてみた。

「ううん。あの誘いに真一が乗らないことくらい、わたしだって分かってたよ？」

「え、そうなの……？」

「うん。わたしって、真一のこと追ってばかりでしょ？　だから、ちょっと戦略を立ててみたんだよ。名付けて、『ドキドキ★真一に追いかけてもらおう大作戦』！」

「それが窃盗と逃亡か？」

「もう、そんな言い方してー。ダメだよー？」

たしなめるお姉ちゃんみたいな顔してるけど、どう考えてもダメなのはそっちだよ。

「でもこうして追いかけてると、わたしのこと大事なんだなって思えたでしょ？」

「咲穂っていうか、咲穂が盗んだ俺のパスポートが大事なんだけどな？」

「またまたー」

いや、それ持ち帰られたら、俺帰れないから。なくしたことないから知らないけど、大使館とかに行ったりですごい大変なんだろ？

「……でも、見つけてくれて嬉《うれ》しかったなあ」

しっとりした微笑《ほほえ》みを浮かべて、咲穂が呟《つぶや》く。

「あの時のこと、思い出してくれたんだ？」

「ヒント少なかったけどな？　俺が思い出さなかったら、このままここで待ちぼうけだったんだぞ？」

「そんなことありえないよ？　どれくらいのヒントで真一が思い出すかくらい、わたしは知ってるもん」

そう言って上機嫌に、自分の前にあるまだ温かいコーヒーを飲む咲穂。

「はあ……」

昨日の誘いに乗らないことといい、俺が咲穂を見つけるまでの時間といい。

「なんでも知ってるんだな、咲穂は」

ああ、丁寧に振ってしまった、と思った時には遅かった。

彼女はにこぉーっと妖《あや》しく笑って、言ってのける。

「なんでもは知らないよ？　真一のことだけ」

六本木スカイタワーに戻って、２日が経《た》ったとある夕方のこと。

リビングに全員が集まって、２人目の１on１デートの相手の発表を待っている。

「うーん、緊張するなあ」と品川咲穂。

「サキホだけはないから安心して良いわよ。部屋に戻って寝てれば？」と渋谷《しぶや》ユウ。

「ユウちゃんも多分ないけどねぇ？　すみれちゃんも、ねぇ？♡」と目黒莉亜《めぐろりあ》。

「それくらい自覚しているわよ。候補は２人しかいないでしょう」と大崎すみれ。

「実質１人かな。平河《ひらかわ》がお願いを聞いてくれるなら、だけど」と神田玲央奈《かんだれおな》。

「……そうだといいのですが」じっとこちらを見つめる平河舞音《まのん》。

そんな中、十条さんが告げた名前は。


「大崎すみれ様、１on１デートに赴《おもむ》いてください」


「私……？」

目を丸くして驚く大崎と、

「お兄ちゃん……！」

下唇を噛《か》んで俺を見る舞音がそこにいた。

第7章　ラブラブ・オア・ダイ

「いやあ、今日は一段と、あー……見目麗しいな、大崎《おおさき》？」

「あら、どうもありがとう。ひらか……真一《しんいち》君こそ、その……やる気なさそ……いい具合に力の抜けた目がとってもかっこいいわ。ところで、緊張しているのかしら？　名字呼びだなんて、よそよそしいわ。２人の時は下の名前でって約束したでしょう？」

インドネシア・バリ島。

「あはは。そうだったたな、すみれ……」

「うふふ。いやだわ、真一君ったら……」

その中心地に位置する繁華街にあるカフェでは、冷や汗を流しながら2人して頰《ほお》を引きつらせる『元』カップルがいた。

2つ目の1on1デートにバリ島を手配してくれたのは十条《じゅうじょう》さんだ。

『大崎すみれと、水着になれて、なるべくプライベートな空間でいられる場所に行きたいです。出来れば海外だと、なおありがたいのですが』というような話をしたら、バリ島のプライベートプール付きの宿泊施設（ヴィラというらしい）を手配してくれたのだ。

『プライベートで水着をご所望ですか。……なかなかですね』と、十条さんに眉をひそめられたのはなんだかちょっとショックだったが。『なかなかですね』ってなんか胸に来るワードチョイスだな……。

宿に荷物を置いて、一度水着に着替えると街に出るのが億劫《おっくう》になるだろうということで、昼食を食べに出かけた時に、事件は起こった。

あくまでも元カップルの適切な距離感として、ほんの少し離れて歩いていると。

……ぴとっ。

突然、大崎が俺の右半身に彼女の左半身をくっつけてきたのだ。

「大崎……？」

「どうしたの、真一君？　いつもみたいに、腰に手を回してくれても結構よ？」

「ん……？　真一君？　腰……？」

「ほら、遠慮しないで。せっかく2人きりなのだから」

大崎は俺の右腕を取り、自分の腰のあたりに持っていく。

その華奢《きゃしゃ》ですらっとした腰回りの感触が手の神経に伝達される。なんだなんだ……!?

「そういえば、来る前に美味《おい》しそうなお店をメモしてきたの、見て」

そう言うと、彼女は俺の腕の中、スマホの画面を俺に見せてきた。

「……ああ。美味しそうだな」

開かれていたのはメモ帳のアプリ。

そこに表示されていた言葉は。

『今、大崎ＨＤ《ホールディングス》の人間に監視されている。現地の人に紛れていないわ』

……なるほどそういうことか。わざわざ海外まで来た甲斐《かい》がなかったな、とげんなりする。いや、むしろ海外に来たからそういうことになってるのかもしれないが。

俺が『出来れば海外』と指定した理由は、もしかしたら海外なら大崎の盗聴器からの送信が行われずに済むのではと思ったからだ。

日本国内のモバイルデータ通信に対応しているとはいえ、海外でのローミング通信にまで対応しているとは限らない。むしろ、盗聴器なんて代物がモバイルデータ通信に対応していること自体が、通信事業者である大崎ホールディングスだからこそ出来る芸当なのだから、海外の通信事業者とも繋《つな》がっているなんて考える方が不自然だ。

であれば、大崎の実家に録音された音源が送信されるのは、少なくとも日本に帰ってからということになる。であれば、盗聴器を放置してしばらく過ごしていたところで、海外にいる間は介入を防ぐことができるだろう、という目論見《もくろみ》だった。

だが、さすがに向こうさんもそれくらいのことは分かっているらしく、機械頼みではなく、肉眼、肉声でのストーキングのために私服エージェントを派遣したということだろう。ストーカーは1人でお腹《なか》いっぱいなんだけどな。

「このお店も良いと思ったのだけれど、どうかしら？」

そう言いながら、彼女は2つ目のメモを打ち込んでみせた。

『だから、私とラブラブなカップルを演じて』

「んんっ⁉」

その文章につい大声が出て、慌てて口をつぐむ。

「どうしたの？　気に入らなかったかしら？」

「い、いや！　美味しそうすぎてつい声が出ちゃっただけだ」

「そう、それは良かったわ。他にもこんなお店もあるのよ」

スワイプとフリック。

『盗聴器に吹き込む定期報告で、この間の那須《なす》以来、平河《ひらかわ》くんは私にぞっこんラブで、シーズン1は1位通過確定だと伝えているの』

「なんでだよ⁉」

やば、つい本音のツッコミが。ていうかぞっこんラブって、何だその語彙。

「な、なんで、こんな高級な食材を提供出来るんだ？」

変な音声が混ざるとまずいので、咄嗟《とっさ》にごまかした。

「それは、これを見てもらったら分かるわ」

『私が2番目以下の存在だと判断されたら、1番目の人を処分しかねないから』

「しょ、処分……！」

「ええ、最高のモノ以外は全部処分するみたいなの」

監視しているらしい人には、お店の流通経路か何かに感動しているという風にちゃんと聞こえているだろうか。

「え、もしこの……やり方に失敗した場合はどうなるんだ？」

つまり、ラブラブなカップルを演じることが出来なかった場合はどうなるのか？　と、目線で補足する。

「……終了することになるでしょうね」

「終了……？」

「こうなるのよ」

『嘘《うそ》をついた罰で私は殺される』

「ええ!?　そこまで!?」

「ええ。この画像、ひどいものでしょう？　閉業した上に、すり潰すくらいに木《こ》っ端《ぱ》微塵《みじん》にお店を壊されて……。上手《うま》くいかないと、こんなことになってしまうのよ」

「ま、まじか……」

え、殺されるの？　俺じゃなくて大崎が？　ラブラブに出来ないと？　すごいこと考えるな、大崎家一同……。

「そんなに深刻なことなんだな……？　いやあ、どうしようか……」

「そんなに迷うのなら、」

スワイプ、フリック。

「2番目のところにしましょうか？」

そして、もう一度彼女は2番目に見せたメモを画面に表示させる。

『だから、私とラブラブなカップルを演じて』

「まあ、私自身は2番目の彼女じゃダメなんだけれどね？」

……ということで、元カップルの俺たちは、ラブラブなカップルという謎の設定の上で行動することになってしまっていた。


カフェ。現地の店員さんがサンドイッチとコーヒーを運んできてくれる。

大崎のはサーモンとクリームチーズのサンドイッチ、俺のはチキンとアボカドとマヨネーズのサンドイッチだ。

「マヨネーズ、相変わらず好きなのね」

「まあな。ていうか、よくそんなの覚えてるな？」

「あっ」

あっ？

「あら、私、『相変わらず』だなんて言った？　『マヨネーズ、好きなのね』って言っただけよ。幻聴じゃない？」

「『相変わらず』ってところを俺は指摘してないけどな……？」

ボロが出ちゃってるんだけど……と思いながらツッコミを入れていると、彼女のこめかみに青筋が立っているのを発見した。

言外に『ラブラブカップルにあるまじき発言をしないでもらえるかしら？』と聞こえる。

すみません、そうでした……。

「おおさ……すみれも、クリームチーズ好きは変わってないんだな」

「……へ？　お、覚えててくれたの……？」

すると、大崎がキョトンと目を丸くする。

いや、その反応。素じゃん。

「あ、愛するすみれの好みを忘れるはずないだろう？」

「あ、うん……ありがとう……。嬉《うれ》しい……」

おいおいおいおい……！　頬を赤らめてしおらしく俯《うつむ》くな……！　こういうのって、お互い演技だから成り立つノリだろ……⁉

「た、食べましょうか」

「そ、そうだな！」

俺たちは気持ちやら何やら色んなものをごまかすように、目の前のお皿に手を付ける。

サンドイッチといっても、さすが海外サイズ。片手ではギリギリ持ちきれないほど大きい。ナイフとフォークで切り分けることも考えたが、バーガー袋（この場合サンドイッチ袋？）が付いていたので、それで包んで両手でかぶりついた。

「美味《うま》いな……！」

「ええ、そうね」

本当に美味しかったおかげでここは演技しなくてすんだ。いや、別にラブラブと料理の味は関係ないんだけど。

「あれ、真一君。ここ、付いているわよ？」

大崎が自分の唇の端を指さして、俺の唇の端に付いたマヨネーズを指摘する。

「ああ……」

俺が自分の指で拭おうとすると、その手首が摑《つか》まれた。

「あ、待って。チャンスだわ」

チャンス？

「……ほ、他の花嫁候補の前では遠慮していたから」

彼女は、俺のそこに付いたマヨネーズを人差し指で拭って、ぺろり、と舐《な》めた。

「大崎……!?」

「……お、美味《おい》しいわね」

大崎は自分でやったことが恥ずかしかったのか、かぁぁ……とまた頰《ほお》を赤く染める。いや、こっちが照れるんですけど……！

照れで少しうるんだ瞳で俺を一瞬見ると、いよいよバグってきている大崎は、自分の持ってるサンドイッチと俺を交互に見て、

「わ、私のも美味しいの！　ぜひ真一君にも食べてもらいたいわ！」

と言いながら、

「あ、あーん……!!」

と差し出してくる。

「これ、か、間接キスじゃ……」

ここまでするか……!?

「き、きす……！　い、今さらそんなことでドキドキするなんて、ひら、真一君は初心《しょしん》を忘れないのね！　いつまでも初心《うぶ》なんだから！　あれ、だからショシンとウブって同じ漢字なのかしらね？」

ちょっと大崎さんテンパリすぎじゃない……!?　何言ってんのか分かんないけど……!?

「と、とにかく食べてちょうだい！　間接キスなんて、いつもみんなに隠れてベロチューしている私たちの敵じゃないわ！　そうでしょう!?」

「べ、ベロチュー!?」

大崎さん、一応あなた社長令嬢ですよね!?　言葉のチョイスはそれでいいのか!?

「お願いよ平河くん、これ以上恥をかかせないで……！」

小声で言いながら、潤んだ瞳で俺を睨《にら》んでくる大崎。

これ以上続けると何を言い出すか分かったもんじゃないので、俺は、ぱくっとサンドイッチを彼女の手から食べた。

「ど、どうかしら？　美味しい？」

「ああ、うん……！」

正直、味とかよく分かんないけど……。

「そ、そう……それならいいのだけれど」


店を出ると、俺の右手に、すっと、白魚のような手が差し込まれる。

「おおさ……すみれ……！」

……恋人繋《つな》ぎだ。付き合っていた頃だってしたことのない、手の繋ぎ方。

「あまり反応しないでちょうだい。慣れてないのがバレてしまうわ」

「お、おお……」

小声で注意してるけど、そっちの耳だって真っ赤じゃんか……。


手を繋いだまま少し歩いて、免税店にやってきていた。

「真一君。ちゃんと、パスポート持ってきている？」

「え」

つい俺がパスポートのある腰回りを押さえると、

「盗《と》らないけれど……？　私って、そこまで信用ないかしら……？」

と、悲しそうに眉を下げる。あ、これ、素のやつだ……。

さすがにかわいそうだと思った俺は、「まあ、最近ちょっと盗られてな……取り返したけど」と簡単に説明する。それだけで察してくれたらしい大崎は、

「……困ったものね、あのストーカーにも。私の真一君に近寄らないでほしいわ」

と、苦笑いを浮かべた。

「そういえば、留学のオーディションのあなたのプロフィールにあった写真、あなたのパスポートの写真だったわね」

「そうなのか？　まあ、写真撮らないからなあ……」

「そういえばそうだったわね。あの時も」

「あの時？」

「あの、その……」

逡巡《しゅんじゅん》したあと、ごまかしても仕方ないと思ったのだろう。大崎は白状した。

「ほら、ゲームセンターでプリ？を撮ろうとしたことがあったでしょう」

「ああ……」

俺は思い出して頬をかく。

付き合ってから初めてのデートは箱入り娘・大崎たっての希望でゲームセンターだった

わけだが、その時に、俺が断ったことを言っているのだろう。

「結構傷付いたものよ？　私だって、かなりの勇気を出して一緒に撮りましょうって言ったのに、『無理ですね……』って。あの時、あなた、まだ敬語を使っていたから」

「そうですね……」

俺と大崎の出会いは、合同学園祭の実行委員長同士、という縁だった。

他校の先輩と後輩という関係で出会ったわけだから、当然敬語を使っていたのだが、付き合い始めて少し経《た》ったあたりで、「平河くん、恋人同士たるもの、敬語は使わないものらし……使わないべきじゃないかしら」と、何かのコラムだか知恵袋だかを読んだらしい大崎に言われたのがきっかけでタメ口に切り替えた。

「あの時は、悲しすぎてそこまで聞けなかったのだけれど……差し支えなければ、どうして写真を撮りたくないのか、聞いてもいいかしら？」

珍しく気遣わしげに俺を見る大崎に、別に隠していることでもないので率直に答えることにした。

「俺は、自分の見た目が好きじゃないんだ」

「……そう、なの」

シンプルな回答に大崎は少し寂しそうに目を伏せた。

「それがあなたの自己評価なのね。まあ、人それぞれよね。私の意見とは真逆だけれど、だからといって、あなたの感性を否定する謂《いわ》れはないわ」

「真逆？」

『あっ』

……と言うかと思ったが、大崎はそんなこともせず続ける。

「あなたの容姿に魅力を感じる人もいると私は思うわよ。あなたはそうじゃなくても、ね。そもそもあなたの容姿は、あなたを構成する要素のほんの一部に過ぎないし、現に私は、あなたの容姿も含めて好ましく思っているもの」

「……あ、ああ。どうもありがとう、すみれ。俺も、すみれの、えーと……」

俺が大崎の演技に乗ってみようと口を動かすと、

「違うわ、そういうことじゃない」

と遮られる。そして、

「これは今だから言ってるわけじゃないわ。本当のことよ、平河くん」

と、わざわざひそひそ声で俺に言ってくれた。

「それで、真一君。何か欲しいものがあるの？　花嫁候補の皆さんへのお土産《みやげ》とか？」

「あ、ああ……」

虚をつかれて声を失っていた俺は、取り繕うように反応を返す。

「たしかにみんなにも何か買って帰った方がいいか？　痛っ」

繋いだ手の甲に爪を立てられて、つい声が出る。

「な、なんつってな！　他の女子にかけるお金なんかないのさ！　……す、すみれに何かプレゼントを買ってあげたいと思ってたんだ」

「まあ、嬉しい！」

わざとらしい喜び方をするすみれさん。

「でも、私はプレゼントなんて結構よ？　３０００円くらいのチョコレートタブレットでも買ってくれたらそれだけで嬉しいわ」

「チョコレートタブレットって板チョコのことか……？　『３０００円くらい』って、それ遠慮してるつもりなんだろうけど、かなり高額だからな？」

「え？」

おい、まじか。素の顔やめろ。

「ま、まったく、冗談がうまいなあ、すみれは！」

「ええ！　１５００円……くらいよね？」

「あはは−……」

「違うのね……」

俺のあからさまに引きつった笑みに、これ以上はごまかせないと判断したらしい大崎は、がくりと肩を落とす。

「あなたとは金銭感覚がズレるようなことはあまりないと思っていたのだけれど……。でも、そうだったわね。あなたの家は『徹底した働かざるもの食うべからず』だものね」

「よく覚えてるな、そんなの」

彼女の言った『徹底した働かざるもの食うべからず』というのは、我が家の家訓というかしきたりだ。

幼稚園年長くらいから、小遣いは家事をすることで得るものだった。風呂掃除1回5円、皿洗い1回10円、ゴミ捨て1回3円……といった感じで、物心ついた頃から俺にとってお金は労働の対価だったのだ。

そのため、金銭感覚についてはむしろほとんどの同級生以上にシビアである自負がある。

「そういうしつけをすれば平河くんみたいな子に育つのね、と思って、妙に印象に残っていただけよ」

「俺みたいな子を育てたいのか……？」

「あっ」

ていうか、それ以前に平河くんって言っちゃってるけどな。


「疲れた……」

茶番劇を繰り広げたあと、俺たちは自分たちのプライベートプール付きの屋敷《ヴィラ》に戻ってきた。俺はそこにあったメモ用紙にメッセージを書いて、彼女に見せる。

『ここは監視されてないのか？』

そのメモを見て、大崎は「インドネシア語を勉強したのね、でもスペルが違うわ」と言いながら、さらさらとその下に書きつける。

『残念ながら、まだ監視はされているわ』

「なるほど……」

「けど、惜しかったわ。こっちは正解よ」

『プールの中ならおそらく声は聞こえないと思うわ』

「……そうか」

周りを見ずに頷《うなず》く大崎は少し不用心に思えたが、まあ、彼女がそう言うなら、つまり、そういうことなのだろう。

「それじゃ、真一君。私は、着替えてくるわね」

彼女はそう言って、プール脇、小屋のように立っている自室に入っていった。

木々がそよぐ音が、衣《きぬ》ずれの音に聞こえる。

バスルームにて一瞬で着替え終えた俺はデッキチェアに座って、六本木スカイタワーのライブラリから持ってきた本に目を落としてみるが、何一つ頭に入ってこない。

とはいえ、顔を上げて目の前にあるプライベートプールを視界に入れてしまえば、イケナイ想像をしてしまいそうになるし、左脇に立っているガラス張りの寝室小屋を見るなんてもってのほかだ。

あのカーテンの向こうで、彼女は今着替えているのだから。

どうにも尖《とが》ってしまいそうになる左目の視神経をなんとかなだめながら、どうにか本に書かれた文字を読もうと努力していると、その時。

「お待たせ、真一君」

キリリと澄んだ声がして、顔を上げる。そして、俺は声を失った。

……女神じゃん。

大崎の着ている水着は上下黒のビキニで、胸元にはレースで出来たリボンが付いている。

なんだか照れくさそうに、身をよじる大崎。

「あなたが着ろって言ったのよ？」

「い、言い方……」

なんとか声を出しながら、少しずつだが調子を取り戻そうとする。

「べ、別に、水着を着せるのが目的だったわけじゃない」

「じゃあ何が目的なの？」

「……服を脱がせること？」

「より一層じゃない……変態」

いや、そうなんだけど、そうじゃなくて……。俺は盗聴器が外れた状態の大崎とじっくり話をしたかっただけなのだ。

そのためには、水着か裸になってもらう必要があって、それで、そのどちらかなら、水着を選ぶだろう。裸を選ばないだけマシだ。

「それで、その……感想は？」

大崎は、またしても腕を組んで尋ねてくる。

「えっと……すごく、似合ってると思います」

「……そう」

キャラに似合わず頬《ほお》を赤らめた彼女は、ふいっとそっぽを向いてしまった。

「じゃあ、プールに入りましょうか、平河くん」


せっかく手配してもらったプールで、俺たちは、沈黙と共にただ、身を寄せ合っていた。

プライベートプールは学校のプールの4分の1くらいの大きさだ。

2人でじっと過ごすには広すぎるとはいえ、大崎も俺も水を掛け合ってキャッキャウフフするようないちゃいちゃの仕方が分からず、それでもラブラブを演じないといけないとしたら、もうこれくらいしか浮かばない。

……いや、こんな言い訳を並べ立ててる場合じゃないか。

何のために水着になったのか、ということを忘れたわけじゃない。

だが、なんとなく、それを切り出すのが怖いというか恥ずかしいというか。

だって、その内容は、『元恋人との別れ話の答え合わせ』という、ある意味別れ話そのもの以上に気まずい話題なのだから。


「えっと……平河くん」

……それでも、その時はやってくる。

「あの日の弁明をさせてもらってもいいかしら?」

「……ああ」

とつとつと、大崎は話を始める。

「そもそも私があなたに最初に近づいたのは、父親に言われたからなの。いわゆる政略恋愛のコマにされていたというわけ」

「だろうな……」

那須の夜の話から予想はついていた。それでも、ため息が1つだけ漏れる。

「じゃあ、学園祭実行委員に入ったのも？」

「ええ。そもそもあなたの学校と私の学校が合同学園祭をするなんてことになったのも、うちの父親の策略よ」

「さすが大崎ホールディングス社長。影響力すげえな……」

「あなたのお父様ほどではないけれど」

大崎は困ったような笑みを浮かべる。彼女がこの表情を浮かべている時は、本当のことを言ってるんだろうな、という気がした。

「で、あの告白も嘘《うそ》だった、ってことか」

俺が大崎と付き合い始めた時、告白をしてくれたのは大崎の方だった。

「そう思われても仕方ないわね。平河くんの第一印象って最悪だったもの……」

「いや、答えになってないんだけど……。ていうか俺のせいかよ」

「だって、覚えてる？　あなたが最初に言ったこと」

「ああ……なんでしたっけ……？」

とぼけてみるが、覚えているので、つい当時みたいな言葉遣いになってしまう。

そんな俺の敬語を「ふふ」と微笑で受け流して、

「『俺、自分で考えて納得したことしかしないって決めてるんで』って言ったのよ」

と、一言一句間違えずに口にした。

「生意気ですみません……」

いや、別に信条としては今も一緒ではあるんだけど……。

「……半々、かしらね」

「半々？」

「さっきの答え。政略恋愛のために告白したのも事実だわ。でも……」

大崎はまた困り笑いを浮かべる。

「……あなたのことが好きだったのも、事実よ」

「じゃあ、どうして、突然いなくなった？」

なるべく冷静になるよう努めたものの、声の端っこに鋭さが出てしまった。

「あなたにヒラカワを継がせる気がないと、あなたのお父様がおっしゃったからよ」

「俺の父親が……」

「そう。私の父に言ったらしいわ」

初耳ではあったが、それはおそらく本当なのだろう。俺が「高校に入ったら家を出ていく」と父に話したのと、時期も符合する。

「私は、大崎家のコマでしかないの。平河くんが社長にならないのなら、別の縁談が持ち上がった時に、あなたとのお付き合いは障害になってしまうわ」

「そう、ですか……」

「もちろん、抵抗はしたわ。でも、そうしたら、うちの父親は、あなたに危害を加えることをほのめかしてきた。私は、私のせいであなたが傷つくのが一番怖かった」

「だから、ある日突然連絡が取れなくなった、と……」

「ええ。私は高校受験をして、それまでとは違う高校に通ったわ。平河くんと関わりのあった全てを絶って……絶たされて、2年くらい経《た》った頃かしら。ある日、私のスマホに知らない番号から電話がかかってきたの。それが十条さんで、内容は、恋愛留学《れんあいりゅうがく》への招待だったというわけ」

十条さんは、直接大崎を誘っていたのか……。

「私は、すぐに、父に話をしたわ。『彼がヒラカワグループの社長になるなら問題ないはず』ってね。それでも私の気持ちを疑っている父は条件付きで参加を認めた。その条件が『自らの発言を全て録音し、送ること』」

「そういうことだったのか……」

当時それを知っていたら幾分違ったのではないかという思いがまず浮かんでから、いや、知っていたからといって何が出来たんだという思いが連なって出てくる。

きっと俺は、当時にそれを聞いたところで、今と同じように、「そういうことか……」なんて呟《つぶや》いただけだろう。

「大崎自身は、どうなりたいんだ？」

「どうなりたいって……？」

大崎に聞き返されて、たしかに少し唐突な質問だったなと思い直す。

「それまでは大崎家の令嬢として、家の利益になることをするのが正しいと思ってたわけだろ？　じゃあ、今はどうなりたいのかなって。家のためにはなりたいと思うか？」

「もう、どうでもいいわ、家のことなんて」

「どうでもいい？」

俺は目を細め、首をかしげる。

「ええ。私はあなたと一緒にいられるなら、なんでも失えるもの。平河くんがどこかに行くと言うなら、全部手放して一緒についていきたい。私の夢はね、平河くん」

大崎は真剣な顔で俺の目を見つめる。

「……あなたと一緒に生きていくことよ」

「大崎……」

その思いに射すくめられる。

……でも、それって。じゃあ、どうして。

「平河くんこそが、私の生きがいなのよ」

喉元まで上がってきた言葉を塗り潰《つぶ》されて、

「……そうか」

俺はそれをそっと呑《の》み込んだ。

「ねえ、１つ訊《き》いてもいいかしら？」

「ん？」

「あの日、私の告白を、どうして受けてくれたの？」

「ええ、今さらそれを言うのか……？」

「お願い、教えてほしいの」

抵抗を試みるも、じっと俺を見るその瞳がいつになくまっすぐで、俺はそっぽを向きながらも答えてしまう。

「……好きだったんだろ、そりゃ」

「どうして？　どこが？」

ぶっきらぼうに答えた俺の言葉に、さらに追及が飛んできた。その顔には、意地悪な笑みは浮かんでいない。必死に答えを乞い願う子供のような表情だった。

「いや、聞いたら幻滅するかもしれないぞ？　どこにでもいる中学生の男子が人を好きになる理由なんか……。ていうか、言うのも恥ずかしいんだけど……」

「中学生の男子……え？　もしかして、えっちなことを出来るから、とか、そういうこと？」

「いや、そうじゃないけど……」

俺は頬をかく。

「どうしても言わなきゃダメか？」

「ええ、お願い。言わなかったら、私の身体が目当てだったという認識で今後の生涯を生きていくことになるわ」

「それは嫌だな……」

仮にも俺の初心《うぶ》な初恋の思い出だ。多少綺麗《きれい》な方がいい。

俺は観念して、小さな声で告白する。

「……大崎のじぇ……全部が好きだったんだよ」

「ぜ、ぜんぶ……!?」

大崎が目を見開く。……だから言いたくなかったんだって。

「ぜ、全部、って、あの『全部』？　私の知ってる『全部』であってる？」

「他にどの全部があるんだよ……。あー、その、性格も顔も声も、全部。……の、全部だ」

母親に言わせれば、それは『恋』ではあっても『愛』ではないのかもしれない。実際、利害は一致していなかったわけだし。

それでも、当時の俺には、そんな相手に告白されて抗《あらが》う術《すべ》なんかなかった。

「…………！」

「ちょっと、黙るのやめてくれませんか……？」

「今のタイミングでの敬語、すっごく良いわ……！」

「はあ……」

そんな妙なフェティシズムをくすぐったつもりはねえよ……。

「えっと、その、じゃあ、その……私も言うわね」

「いや、別に……」

大崎がぶつぶつと何かを言い始める。

「私もね、平河くんの全部が好きよ」

「……！」

「私も、平河くんの容姿が好き、声が好き、性格が好き。……そして、」

現在形の告白に不意をつかれている俺に、大崎は追撃をしてくる。

「その全部がもし変わってしまったとしても、平河くんのことが、大好き」

「大崎……！」

「……今も、そうだから。それだけ、知っていて？」

濡《ぬ》れた黒髪は月明かりに照らされて、妙に綺麗だ。

「そ、それにしても？　さっき、『全部』を『じぇんぶ』って言いかけていたわね？」

「は？」

恥ずかしさが限界突破したのか、その表情を一転させた大崎が、俺をからかい始める。

「大事なところで噛《か》む癖は変わらないのね。この間の乾杯もそうだけど、学園祭の開会式の挨拶の時も……」

「ほう？　そっちがそうくるなら、黙っておいてやったことを、こっちも言うぞ？」

「え？」

別れた頃のことは、大崎すみれ自身のせいではなかったらしい。とはいえ、多少なりとも傷付いたのはたしかだ。

だったら、これくらいの仕返しは許されてもいいんじゃないだろうか。

「バリに来てから、監視されてるっていうの、嘘《うそ》だろ？」

「………‥!!」

すると、彼女は夜の暗がりでも分かるほど頰《ほお》を赤くする。

その反応で、俺は予想を確信に変える。

日本で話していた盗聴はおそらく本当だが、バリに来てからエージェントが監視しているというのは、大崎自身が考えた嘘だ。

「……いつから、気付いていたの？」

「最初から」

「最初から!?」

目を見開く大崎。いつでも冷静な彼女がこんな風に百面相をしていると面白いな。

「な、何を根拠に？」

「だって、俺が大崎を気に入ってるとしても、呼び方まで変えて、ラブラブなカップルを演じる必要はないだろ？　その上、大崎が俺にデレる必要はもっとない」

「あっ……！」

あっ？

「じゃ、じゃあ！　どうしてその時指摘しなかったのよ……！」

「確信が持てなかったから。リスクを負って指摘するよりは演技に乗っておく方がいいと思って」

「あなたのそういうところだけは、昔から嫌いだわ……！」

大崎は瞳を潤ませて俺を睨《にら》む。

「自分のリスクばかり考えて。私のリスクだって考えてくれたっていいじゃない……！」

「悪いな、リスクマネジメントを大事にしてるんだ」

「うう……！」

子供っぽく頬を膨らませる大崎は「もう！」と俺の胸元を叩《たた》く。

「どうせ、『どうしてそんな嘘ついたんだ？』って思っているのでしょう？」

「あ、いや……」

『それはさすがになんとなく察しがついているから言わなくていい』などという長い言葉

を言う間もなく、

「平河くんと、あの頃出来なかった恋人らしいことをしたかったんだもん……！」

と、大崎は続けた。だもん、って……。

「手を繋《つな》いだり、あーんしたり、間接キスにドキドキしながら何食わぬ顔したり、一緒に買い物したり……那須でバイクの２人乗りがしたかったのもそう！　そういうことが、本当はずっとしたかったのよ！」

「大崎……」

『俺だってそうだったよ』などという甘酸っぱい過去形は、そっと呑み込んだ。

彼女を選び切れるかどうかは、まだ分からないのだから。

「今はそれでいいのよ、真一君」

そんな俺の胸中を察したらしい彼女は、俺にそっと抱きついて、笑顔で囁《ささや》いた。

「……いつか名字が一緒になったら、きっと、私のこと、すみれって呼んでね」

第8章　種明かしオンザビーチ

「シン、あんた、分かってるわね！」

頭上に燦然《さんぜん》と輝く太陽も顔負けのキラキラな瞳。それとスマホのカメラを俺に向けて、人気YouTuber・渋谷《しぶや》ユウは笑った。

「青い空！　白い雲！　青い海！　まだ来てないけど、水着の美少女たち！　何を撮ったって絵になるサイコーなロケーションだわ！」

「お、おう……！　こ、ここを選んだのは俺じゃないけどな……？」

目の前で前屈《まえかが》みになった水着姿の健康的な肌としっかり主張してくる胸の谷間を直視できず、視線を脇に逃がしながらぼそぼそと答える。

俺はユウと2人で、砂浜の上に鎮座する天蓋《てんがい》付きベッド（カバナというらしい）のふちに腰掛けていた。

今日は、シーズン1最後の【全員《オールスター》デート】。場所はグァムのプライベートビーチだ。

この数百メートル連なるビーチが貸切なだけでも驚きだが、そこにはカバナやハンモック、バーカウンターやテーブルがいくつかあり、なぜか卓球台までもある。

「アタシったら、最初のデートで追加《エクストラ》デートをもらっちゃったもんだから、あれから六本木の風景ばっかり撮ってて、画面が代わり映えしなかったのよね。デートに行ってない女子たちの日常みたいなのは結構撮れたんだけど」

「あ、うん……」

「って、ちょっと！　さっきからなんで俯《うつむ》いてるわけ？　こっち向きなさいよ、久しぶりの出演なんだから！」

そう言ってユウは俺の顎をクイッとして、そちらを向かせる。

スマホのカメラを構えているユウは「うん、シンの水着姿も悪くないわよ」と満足げに頷《うなず》いてくれる。その毒気のない褒め言葉に、ちょっと嬉《うれ》しくなっている自分がいた。

「あー、みんな早く来ないかしら！　着替えに時間かけすぎなのよね！　アタシみたいに朝から服の下に水着を着てくればいいだけなのに！」

「小学生みたいなことしてんのな……」

実際、そっちの方が効率はいいように思うから、別に高校生になったってそうするのが普通なのかもしれない。

ただ、この場合の『朝』というのは、六本木（日本）を出発した未明のことであり、すなわち水着を下に着た状態で空港に向かい、飛行機に乗り入国審査を受けて、ホテルに寄ってチェックインしてここに来ているということになるわけだから、やはり用意周到にもほどがあるだろという気はする。まあ、別に自由にすればいいんだけどさ。

「あぁーっ！♡　ユウちゃん、真一《しんいち》くんと2人っきりだぁ！　ズルぅい！」

そんな話をしていると、あざとく頬を膨らませる元アイドル・目黒莉亜《めぐろりあ》がやってきた。

「リア、着替えるの早いのね！」

「さすがに日本から着てきてるユウちゃんには負けるけどぉ、アイドルだからねぇ、衣装の早着替えは自信アリだよぉ♡」

などと言いながら、しっかり俺の右側にぴとっとくっついて座り、俺の右腕を抱く。

むにゅ。と、右腕の神経を刺激するいつまでも慣れることのない柔らかい感触に、今度こそ、そちらを見ることが出来なくなる。

「こっち見てよぉ、真一くん♡」

「いや、まあ、ほら、いいだろそれは」

「あれぇ？　ぎこちないねぇ？　薄着だから反応したのがバレちゃうのかなぁ？♡」

分かってるなら追い討ちをかけてこないでほしい。この人、サウナ上がりはあんなに『理想の女友達』的な感じだったのに、小悪魔モードに入ると、なんでこうなんだ……！

助けを求めようと左隣を見ると、「ふーん……？」となんだか冷たい視線と共にカメラ

を構える渋谷ユウさん。なんでだよ。

「ねぇ、真一くん。こっち向いてくれないと、ほっぺにちゅーしちゃうよ？♡」

「それはやめてくれ……」

頬といえど、キスはキスだ。不意打ちならまだしも、分かった上で許可は出来ない。

「じゃぁこっち向いて？♡　ほら、10、9、8……」

カウントダウンを始める莉亜。『それまでにこっちを向かないとほっぺにちゅーしちゃうよ？♡』ということだろう。

「5……4……3……」

キスされるよりは莉亜を直視する方が全然マシだ。仕方ない、大人しくそっちを向こう。

「分かっ……!?」

「……ん♡」

……ん？

……『……ん♡』？

俺は目を見開く。

ピントが合わないほどの至近距離にある、きめ細かい肌と、サラサラの髪の毛。

これ、もしかして……！

俺の脳がやっとその状況を理解しようとしたその時。

「「はああああああああああああああああああ⁉⁉⁉⁉⁉」」

少し離れた方向から、2人の女子のとんでもなく大きな声が聞こえた。

「最悪、最悪、最悪、最悪、最悪、最悪、最悪、最悪……！」

右隣では幼馴染《おさななじみ》・品川咲穂《しながわさきほ》が、

「最低、最低、最低、最低、最低、最低、最低……！」

左隣では元彼女・大崎《おおさき》すみれが、ステレオで怨念じみたことをブツブツ呟《つぶや》いている。

先ほど俺は、目黒莉亜の頬にキスをしてしまった。

俺が向いた先に莉亜の頬があった、と言う方が正しいのだが、それは遠目に見たら分からないことだろう。ちょうど着替えを終えてこちらに向かっていた咲穂と大崎に目撃されてしまったというわけだ。

ちなみに、莉亜は咲穂と大崎に対して、

「別に真一くんの唇はすみれちゃんのものでも、咲穂ちゃんのものでもなくなぁい？　そんなこと言ったら、玲央奈《れおな》ちゃんなんて……」

と、おそらくサウナでの悪行を暴露しようとしたところ、

「黙って、目黒？」

ちょうどそこに来た神田《かんだ》に口を押さえられて連行されていた。

なお、さらにあとから来た舞音《まのん》は、

「不可解です。この雰囲気、何があったのです……？」

「マノンちゃん、一部始終を見せてあげるわ」

となぜか不機嫌な様子のユウに連れていかれる。

そして、残ったのがこの3人。俺の元カノと幼馴染が修羅場すぎる。

「ねえ、真一。真一から人にしたキスは、あれが初めてだよね？　真一のファーストキス、大事にしてねって、わたし、言ったよ？」

「平河《ひらかわ》くんって不潔だったのね。付き合っている間もキスをしないものだから、婚前のキスはしないという奥ゆかしい矜持《きょうじ》を持っているのだと思っていたのだけれど」

「いや、俺からしたわけじゃ……」

「真一からしてたよね？」「平河くんからしていたわよね？」

2つの口から同じようなツッコミが入る。今日の2人、息ぴったりですね……。

「誤解だって……。ユウが一部始終を撮影してたみたいだからあとで見てみれば……」

「「それ、どんな拷問!?」」

またしてもステレオで涙声が聞こえた。

何も言えることがなくなってしまったその時、救いの声（?）が聞こえた。

「お待たせしました。皆様、集合してください」

十条《じゅうじょう》さんが手を叩《たた》いて、注目を集める。

「最後のデートの『対決課題』を発表いたします」

「「……対決課題?」」

プライベートビーチの中にある東屋《あずまや》のような場所。

「最後の全員《オールスター》デートは対決なしって言ってませんでしたか?」

「いーじゃない！　サプライズ、サイコーだわ！　身体がなまってたのよね！」

神田が十条さんに質問すると、横でユウが準備運動みたいなことを始める。

「急遽《きゅうきょ》、もう一度追加《エクストラ》デートのチャンスが欲しい、と真一様たっての希望でございます」

「そうなの?　真一?」

「まあな」

デートはともかく、1つ、まだ解決しきっていないことがあった。

「課題は何かしら!?　発表して、ジュウジョーさん！」

ユウはカメラを十条さんに向ける。

「最後の対決課題は、『真一様クイズ』です」

「真一様クイズ……？」

神田と大崎が顔をしかめる。

うん、当然俺もそのネーミングに思うところはあったよ。でも、『シンプルイズベストですよ、真一様』という十条さんのゴリ押しが強かったんだ……。

「これから、真一様の『好きな色』『好きな数字』『好きなアルファベット』『好きな動物』を予想して、こちらの紙に書いてください。ちなみに、真一様からは事前に内線通話で正解をいただいています」

「そんなの、かんたむぐ！」

「かんたむぐ……？　品川さん、どうかしたの？」

「んーんー？」

咲穂はおそらく、「そんなの簡単だよ！」と言いかけて口を自分で押さえたのだろう。

「それ、咲穂ちゃんが有利すぎじゃないかなぁ？」

だが、抵抗の甲斐《かい》なく、莉亜が質問を飛ばす。まあ、そう思うよな。

「そんなこと言うなら、さっきの真一のちゅーを返してもらいたいんだけど？　ほっぺ、こそげとってもいい？」

「うわぁ、咲穂ちゃんの目がマジだよ真一くんー……！」

俺に言われても……。

「でも、それって、わざわざグァムでやる意味あるんですか？」

神田は相変わらず訝《いぶか》しむような表情を浮かべている。まるで、追加《エクストラ》デートがあっては困るとでもいう風に。

「即席のゲームなので、ご勘弁していただければ。なお、追加《エクストラ》デートは、貸切潜水艦となりますので、これはグァムならでは、かと」

「潜水艦！　一度乗ってみたいと思ってたのよ！　サイコーだわ！」

「それでは、皆様解答お願いいたします」

十条さんが紙を５枚配る。

その間、彼女だけは、ついぞ一言も話さずに真剣な顔で俺たちをじっと見ていた。


５分後。

全員分の解答用紙を眺めて、丸を付けていく十条さん。

「それでは、解答が出揃《でそろ》いました。……全問正解された方がいらっしゃいますね」

「あれー？　誰かなあ？」

「ほらぁ、だから不公平だって言ったんだよぉ……」

咲穂が自分だと確信した様子で胸を張り、莉亜が顔をしかめる。

「その方は……」

だが、十条さんが告げたその名前は、咲穂ではなく。


「平河舞音様、です」


「嘘《うそ》でしょ……!?」

咲穂が目を見開く。

「ちょっと待って!?　わたし、絶対に全問正解してるはずだよ？　好きな色は黒、好きな数字は1、好きなアルファベットはA、好きな動物はライオンだよね？」

「いえ、『今回の正解』は、好きな色は白、好きな数字は3、好きなアルファベットはS、好きな動物はキリンとなりました」

「ええ……！　真一、どういうこと!?　いつ変わったの!?」

「まあ、変わってはないいんだけどな……」

「どういうことかしら？」

大崎が顔をしかめる横で、下唇を噛《か》む舞音の姿。

「これでハッキリした。スカイタワーのリビングのテーブルに置かれていた怪文書の主が」

「罠《わな》にしては分かりやすすぎるとは思ったのですが……」

俺は、その『犯人』を見据えて、ゆっくりと告げる。


「『怪文書の主』は、舞音だな？」


「……はい」

「そして、怪文書に書かれていた『ズルをしている人』は、おそらく、ここの全員だ」

「……真一、どういうこと？」

咲穂の質問に、俺はみんなを見回す。

「ここにいる全員、舞音と取引をしているだろ？」

「……！」

5人に走った戦慄とその後の無言が、肯定を示していた。

「考えてみれば、簡単なことだ。内部ネットワークの構築には舞音が関わっている。つまり、内部ネットワーク上でのやりとりを見ることなんて造作《ぞうさ》もなかったんだ。内線通話でのやりとりもな。それで、最初の2つのグループデートの行き先と競う内容を舞音は知っていた。それを全員に、『他の人には秘密ですよ』って言いながら伝えたんだ。取引の条件は、そうだな……『一回舞音に協力する』とかそんなところか？」

「ええ、じゃぁ本当はみんなも知ってたってことぉ……!?」

シヨックを受けながら舞音の方を見た莉亜に、舞音は頷《うなず》きを返した。

「ショックだよぉ……真一くんは、どうして分かったのぉ？」

「まず、ディアスリーデートでは、3人とも、用意が良すぎる」

「あ……」「うぅ……」「あはは、たしかに」

芸能人3人が声をあげた。

「まず、ユウ。割り箸のクジを作ってきてただろ？　丁寧に、3本。しかもあれ、自分が1番になるように細工をしてたよな？　『2、2、3』か『2、3、3』のクジを作って、他の2人に先に引かせて、『残った番号は1番だからアタシが1番』って感じで」

「絶対に勝ちたかったからね！　周到な戦略よ！」

胸を張る渋谷ユウ。これは彼女的にはかっこいい生き様なんだろうか、と疑問に思っていたのだが、そんな心配は不要だったらしい。彼女が納得してるなら別にいい。

「で、神田はジャージを用意していたし、莉亜は莉亜しか知らない場所を用意してた」

「バレちゃったね、あはは」

「うぅ、上手《うま》くやったつもりだったのになぁ……」

２人も認める。

「そして舞音は、那須でのデートでも、同じように内容を２人、つまり咲穂と大崎に教えた」

「うわ、大崎すみれも知ってたんだあ……」

「品川さんも知っていたのね……」

「こっちも用意が良すぎだよ。ハーブティーやら、味噌《みそ》やら……」

２人ががくりとうなだれる。

「で、交換条件として、咲穂と大崎には、スーパーに行くじゃんけんの時に『マノン、ここは絶対に勝ちたいのです。マノンはパーを出します』と心理戦じみたことをけしかけた。あと、神田と莉亜には、俺がサウナに行くタイミングで俺と会うように話をした。多分みんな、『そんなことでいいの？』と思ったはずだ」

「その通りです」

舞音が下唇を噛んで頷く。大崎が「ちょっといいかしら」と、その横で挙手した。

「取引しておいてなんだけど……舞音さんがそこまでした目的はなんだったのかしら？」

「１on１デート、さらに言うなら、一番最後の１on１デートが欲しかったのです」

　その質問には、舞音自ら答えた。

「漫才グランプリ、フィギュアスケート……一種の主観を含んで得点をつける競技については、出番が後半の方が有利であるとされています。さらに、今回は追加《エクストラ》デート以上に１on１デートの方が圧倒的に時間も長いし体験も濃くなると思います。実際、濃厚でしたよね？」

「うん……」「そうね……」

　なんだか気恥ずかしそうに頷く咲穂と大崎。そんな風にしたら、濃厚な何かがあったみたいだろうが……。

「通常、１on１デートに行けるのは、グループデートであまりお話ししなかった人のはずです。なので、マノン以外の皆さんには、グループデートでお兄ちゃんとたくさんお話してほしかったのです」

「そのために、りぃたちに情報を渡したってことぉ？」

「はい。さらに、芸能人チームでは、莉亜さんにだけ、スキンシップでハッピーホルモンが分泌されることを伝えました。それで、監禁をしていただくことで、まず莉亜さんにはたくさんお話ししていただきたかったのです。もし莉亜さん以外の方が優勝して追加《エクストラ》デートに行けば、１on１デートに進む候補は１人に減りますので」

「うわぁ、まんまとはまっちゃったぁ……」

莉亜があちゃーとあざとく自分のおでこをこづく。

「那須のデートでは、取引条件を使って、１回だけお兄ちゃんと２人きりになるタイミングをもらいました。そこでマノンはお兄ちゃんに１on１デートに誘っていただくための布石を打ったのです」

「布石って？」

「……それは秘密です」

おそらくそれは、『２人きりで話したいことが、あるのです』というセリフのことだろう。実際、あれのおかげで、最後の１on１を大崎にするか舞音にするかは悩んだ。

「そしてダメ押しの怪文書も作りました。追加《エクストラ》デートに行ったユウさん、すみれさんは置いておいて、玲央奈さんと莉亜さんには、お兄ちゃんとサウナで会っていただくことで、アリバイを作ってもらいました。お兄ちゃんが夕食の後、きっかり２時間後にサウナに入ることは、男子風呂の入退場記録で明らかでしたので」

「わたしは？」

「咲穂さんは、マノンが何もしなくても勝手にアリバイを作ってくださるので」

「あー、たしかに。わたし、あの時真一の部屋に忍び込んでたもんねえ」

「あなたは、もう少し悪びれなさい……」

咲穂が納得して、大崎が呆《あき》れる。

「お兄ちゃんほどの推理力があれば、怪文書の主はマノンだと分かります。でも、ズルをした人は断定出来ないはずでした。なぜなら、一番ズルいのはマノンで、その時点ではマノンはズルの恩恵を何も受けてないのですから。だから、お兄ちゃんは『ズルをしている人』を聞き出すために、マノンを誘ってくれると思ったのです。……そこで初めて誤算がありました」

「追加《エクストラ》デートに行った私が最後の1on1デートに誘われたってことね……」

舞音は、俺をじっと見つめる。

「どうして、お兄ちゃんはマノンではなく、咲穂さんとすみれさんを選んだのですか？」

俺は見つめ返して、はっきりと伝えた。

「咲穂のアリバイが確定した時点で、舞音の策略だってことが分かった。それで十分だと思ったんだよ」

「……十分、ですか？」

「ああ。舞音がこの留学に本気でいてくれてるってことも、舞音が庇護《ひご》されないといけない妹なんかじゃなく、自立した人間だってことも分かった。……知らない人と話すのがあんなに苦手だった舞音が、他人相手に交渉までしたんだ。それで十分だよ」

ほとんど引きこもりだった妹の成長に、つい、表情がほころぶ。

「だから、俺は、その時、なるべく早く話さないといけないと思っていた大崎と1on1デートをすることにした」

「そうなのですね……」

「それに、この戦略のどこの部分も、俺はズルだとは思っていない」

俺は言い切る。これは大事なことだ。

「誰も悪くない。これはただの取引だ。だから、シーズン1のフラワーセレモニーには全く悪影響はないということを、断言しておく」

多少、６人の間に流れていた緊張感が弛緩《しかん》する。

「ありがとうございます、お兄ちゃん……！」

それでもまた恐縮して目を伏せる舞音に、声をかける。

「へ？」

舞音は素っ頓狂な声をあげる。

「それじゃあ、行くか、舞音」

「不可解です。どこにです？」

「追加《エクストラ》デートに決まってるだろ？　俺は有言実行する人間だ」

「でも、それはマノンのズルを炙《あぶ》り出すための作戦だったのでは……？」

目をパチクリさせて舞音が首をかしげる。

「ここまで含めて、舞音の戦略勝ちだろ？」

「……お兄ちゃんはお人好しですね」

それで、やっと舞音は笑ってくれた。


「わあ……綺麗《きれい》ですね、お兄ちゃん」

舞音が潜水艦の窓から外の魚を見て小さく歓声をあげた。

「そうだな……。なあ、舞音。あれはいいのか？」

「不可解です。なんのことです？」

俺は少し声を落として彼女にこっそりと呟《つぶや》く。

「2人きりで話したいことがあるってやつ。あれは本当だったんだろ？」

漫才グランプリがどうとかいうあの理屈はおそらく、その場しのぎの嘘《うそ》だ。舞音が、あんな眉唾ものの有利さのために、追加《エクストラ》デートを棒に振るとは考えづらい。

つまり、舞音には本当に2人きりで話したいことがあって、そのためには1on1デートに持ち込む必要があったということなのだろう。

「お兄ちゃん」

舞音は少し慌てたようになって、俺の耳元に唇を寄せる。

「それは、本当の本当に2人きりの時でないとダメなのです」

俺から離れた彼女は、真剣な顔とサファイアの瞳で、俺をじっと見つめていた。

第9章　6人のメインヒロイン、5束のブーケ

「それでは皆様、心の準備はよろしいでしょうか」

俺と6人の花嫁候補は、六本木スカイタワーの屋上リゾートプールに集まっていた。

初日のドリンクパーティが催された会場と一緒だが、その緊張感はその質も量も、あの日とは全く異なるものだった。

理由は明白で残酷。

この6人から1人、留学から帰る人がいるからだ。

「こちらに5つのブーケがございます。こちらを、これから真一《しんいち》様からお1人ずつに渡していただきます」

5つの花束が置かれた台の横に俺。向かい側には6人の花嫁候補が並んで立っている。

「そして、最後までブーケを受け取ることが出来なかった方は、留学から退場していただくことになります」

あえてそうしているのだろうが、十条《じゅうじょう》さんの冷酷なまでに無機質なルール説明に、それぞれが固唾《かたず》を呑《の》む。

「……それでは、真一様、お願いいたします」

そして、ここからは俺に引き継がれる。

一番残酷な言葉を告げるのは、当然、俺の役目なのだから。

俺は小さく咳払《せきばら》いをする。

「まずは、本日まで、留学に参加していただき、ありがとうございます」

着飾った彼女たちを改めて見る。

眉間にしわを寄せた真顔。不安そうに引き結ばれた唇。全てを受け入れたような穏やかな微笑《ほほえ》み。

その表情の一つ一つに、それぞれが今日まで懸けてくれていたものを実感する。

だからこそ俺は、全力で向き合わないといけない。

この期に及んで「選んだ人も選ばれなかった人もみんな魅力的だ」とか、そんな使い古して壊れたエアバッグみたいな言葉は役に立たない。

「……もっと話をしたい、一緒に過ごしてみたいと思った5人を選びました」

ただ、俺が選んだのは、脱落する1人ではなく、この先へ行く5人なのだと、それだけは強調した。

「これから、その人たちの名前を呼ばせてください」

一度だけ、目を閉じる。

そして、口を開く。

「……平河舞音《ひらかわまのん》さん」

「はい……！」

目を見開いた舞音が俺の前に歩いてくる。

「この花束《ブーケ》を、受け取っていただけますか」

「もちろんです、お兄ちゃん」

舞音は驚いた様子で、それでも無表情の中にほんの少しの安堵《あんど》感を浮かべて、俺にだけ聞こえる声で呟く。

「ズルのことは、本当に無関係なのですね」

「ああ」

「そう、ですか……。嬉《うれ》しいです。ありがとうございます」

舞音は深々と礼をして元の立ち位置に戻った。

舞音を選んだ理由は『ズルをしていたから』ではないが、舞音を最初に呼んだのは、それが理由だった。あの怪文書のことは斟酌《しんしやく》せずに5人を選んだということを、みんなに改めて認識してもらいたかった。

結果的には、舞音の作戦勝ちとも言えるかもしれない。


もう一度、深呼吸で息を整える。

呼ばれる方はもっと緊張するだろうに、俺が呼吸を乱していてはかっこつかない。

ためらいなんて、偽善でしかないのだから。

よし。

俺は、彼女たちの名前を丁寧に、はっきりと、呼んでいく。

「渋谷《しぶや》ユウさん」

「ありがとう、シン」

ユウにしては言葉少なに受け取った。やはり彼女は常識的な気遣いを持っているのだと改めて実感する。

「目黒《めぐろ》莉亜《りあ》さん」

「ありがとぉ、真一くん……。１億人に選ばれるよりも、１人に選ばれる方が緊張することってあるんだねぇ」

　さすがの莉亜も憔悴《しょうすい》した様子で困り眉の笑顔を浮かべる。

「神田玲央奈《かんだれおな》さん」

「……ありがとう、平河」

「……作戦成功か？」

　俺が小声で尋ねると、「バレてたの？　なかなかの役者だね」と肩をすくめた。

　彼女が1on1デートに誘わないでほしいと言った本当の理由は、『平河の後悔を減らす』だなんて可愛《かわい》いものではなく、おそらく、『1回もデートしていない初対面の相手を平河は落とさないはず』といったものだったのだろう。

　彼女の底の見えない性格をもう少し知ってみたいと考えてのブーケ贈呈だったが、結果的にはデートを放棄するという彼女の作戦に乗っかった形になる。

「次からは使えないね、この作戦は」

「だな」

　神田が綺麗《きれい》なお辞儀をして、元の位置に戻った。

……さて、ここからが、彼女たち——いや、彼女にとって、一番苦しいところだ。

いよいよ最後の1束になった。

ここで呼ばれなかった人は、この留学から帰ることになる。

俺は、心して、シーズン2に進んでほしい、その人の名前を呼ぶ。


「……品川咲穂《しながわさきほ》さん」


「……はい」「……！」

咲穂の返事と同時、息を呑んで嗚咽《おえつ》を堪《こら》える音がして、俺は痛む胸を呼吸で撫《な》でつける。

くそ。だから、人間関係なんて、必要以上に結ぶべきじゃないんだ。

「……この、花束《ブーケ》を、受け取っていただけますか」

「…………はい」

憎かったはずの相手の脱落にもかかわらず、咲穂は息をつまらせて、やっと声を出した。

咲穂が元の位置に戻り、1人、花束を持たずに残った彼女。

十条さんは、きっと俺のために、俺よりも冷淡な口調で、最後の一言を告げる。

「ここで、大崎《おおさき》すみれ様には、留学から離脱していただきます。……最後に、真一様とお話をしていかれますか？」

「……はい」

大崎と俺はプールの脇に移動する。

「どうして、ダメだったのかしら？」

大崎は、きっと感情を懸命に抑えつけて、

「私は、きっと誰よりもあなたの力になれるのに。あなたのために生きることに、あなたを支えることに、あなたと一緒にいることに、私の人生の全てを捧《ささ》げる覚悟があるのに」

綺麗な微笑みすらたたえて、

「それは……伝わらなかった……かしら？」

でも、少し声を潤ませながら、そんなことを、俺に問いかける。

「伝わったからだよ、大崎」

「伝わった、から……？」

俺の回答に彼女は顔を歪《ゆが》ませた。

「俺に生きがいを求めないでほしいんだ」

「どう、して……？」

「俺のために生きてくれている人がいるという事実は、どうあっても俺の枷《かせ》になる。俺は自分のために生きてくれる人を切り捨てられるほど、強くない」

歯嚙《はが》みする。

「……強くないんじゃないわ。平河くんは優しいのよ」

「優しさなんかじゃない。自分に甘いだけだ」

大切な人に嫌われるかもしれないという恐怖は臆病や遠慮を生むし、特定の誰かへの好意は贔屓《ひいき》や不公平感を生む。

いずれも、人間関係が人の正しい判断を鈍らせるという事象だ。

「だから、俺は、大崎とは一緒にいられない」

「……そうなのね」

大崎は吹っ切れたように笑う。

「じゃあ、まだ見ぬ許嫁《いいなずけ》と結婚、ということになるわね。どんな人なのかしら。ギトギトの脂《あぶら》ぎったおじさまだったりして？」

「趣味が悪いぞ……」

それを言われると、俺も弱いって分かってるだろ。

だから、せめて、策くらいは講じることにした。

「大崎、胸につけてるそれ、借りてもいいか？」

「もう、秘密にしておく意味もないってわけね」

大崎は胸元から盗聴器を外して、俺に手渡した。

「あー……聞こえますか、大崎のお父さん」

受け取った盗聴器のマイクに向かって、話しかける。

「俺は、平河真一と申します。……日本一の会社の経営者になる人間です」

ああ。大口を叩《たた》いてしまった。どんどん、引き返せないところに足と首を突っ込んでいく。引き返すつもりなんか毛頭ないけど。

「大崎……すみれさんは、俺の、……」

そこまで言って、少し言《い》い淀《よど》んだ。

俺は、俺と大崎すみれの関係性を表す言葉を探す。

知り合いと呼ぶには因縁《いんねん》深いし、友達と呼べるほど穏やかな関係ではない。それに、元カノと呼べるほど、甘酸っぱい関係でもない。

そんなんじゃなくて。

「……すみれさんは、俺の初恋の人です」

「平河くん……！」

「すみれさんを傷つけなければ、俺が社長になった暁には、ぜひ業務提携させていただきたいと思っていますので、そこのところ、よろしくお願いいたします」

脅迫じゃない。あくまでも、前向きな提案だ。

いや、イキリすぎか？　まあいいや、どうせもう、全部、有言実行するしかないんだ。

言い切った俺は、盗聴器をプールに投げ捨てる。……もし防水だったらダサいな。

「ねえ、平河くん？」

目の前の大崎すみれは、瞳に涙を浮かべたまま笑った。

「私と結婚するよりも重い枷を、今、はめちゃったんじゃないかしら？」

「そうかもな。でも、」

俺は苦虫を噛《か》み潰《つぶ》した顔をしながらも、率直に思ったことを伝える。

「俺のせいで大崎が望まない結婚なんてしたら、もっと寝覚めが悪いだろ」

「あら、誠実なのね。でも、心配はご無用よ？　平河くん」

大崎すみれ——俺の初恋の人、そして、最初で最後の恋人は、

「私、自分で考えて納得したことしかしないって決めてるんで」

誰かさんの真似《まね》をして、かっこよく笑ってみせた。

エピローグ　翌朝

明けない夜はなく、必ず朝は来る。

たとえそれが惜しむべき夜で、たとえそれが望まれない朝であっても。

六本木スカイタワー最上階、住居フロアの廊下。

開きっぱなしになった扉を見つけて、その前で立ち止まる。

それは、夜のうちに空っぽになったらしい大崎《おおさき》すみれの部屋だった。

「いかがなさいましたか、真一《しんいち》様」

「ああ……いや」

気付くと、隣に十条《じゅうじょう》さんが立っていた。

「……なんというか、本当に俺の決断が彼女の人生に影響を与えてしまったんだなって」

「楓《かえで》様——お母様が、生前おっしゃっていた通りですね」

十条さんは、おそらく俺の母親の口調を真似ながら、

「『真一はいつも人のことばかり気にしているのよ』」

と言った。

「母が、そんなことを……」

「ですが、真一様。果たして、真一様に選ばれた方《ほう》が、大崎すみれ様は幸せだったのでしょうか？」

「はい？」

突然の言葉に、俺は首をかしげる。

「いかが思われますか？　大崎様にとって、『真一様といる人生』と、『真一様といない人生』のどちらの方が幸せでしょうか？」

「意地悪な質問ですね……」

でも、その答えは、自分でも笑ってしまうほど簡単に出た。

「……『俺といない人生』じゃないですかね」

「まあ、そんなの分かりませんけどね。大崎様が聞いたらさぞかしお怒りになると思いますよ、今のご回答は」

「ええ……？」

今、『そうでしょう。だから、真一様の決断は間違ってなかったのですよ』の流れじゃないんですか……？

「私《わたくし》が申し上げたいのは、自分のした過去の決断について、それ以外の決断をしたパラレルワールドを想像することには、なんの意味もないということです。人間はどんなに頑張っても過去には戻れないのですから」

いつになく饒舌《じようぜつ》な十条さんは、滔々《とうとう》と話を続ける。

「大切なのは、自分の決断が後悔に変わらないように、今と未来を良い方向に進めていくことです。最後に笑っていさえすれば、それまでのことは全て『良かったこと』になるのですから。それは真一様にとってもそうですし、勿論《もちろん》、大崎様にとってもそうです。これからの大崎様の人生は、大崎様がご自身で切り拓《ひら》くのですよ。それとも真一様は、大崎様は真一様ナシでは未来を切り拓く能力もないと思われますか？」

「また罠《わな》の質問ですか……？」

「質問に質問で返してはいけません。社会人の基本的なマナーです」

「はあ……」

俺はもう一度その話を咀嚼《そしやく》して、今度こそ自信満々に返す。

「……大崎なら、自力で幸せになりますよ」

俺の答えに、今度は十条さんも微笑《ほほえ》みを返してくれた。

「まあ、その回答もお怒りになるでしょうが、それでも、そう言い切ることが真一様には必要なのです」

分かるような分からないような話だが、不思議と納得感はあるし、気は楽になった。

「ありがとうございます、十条さん」

と、そこで俺の口角がにやりと持ち上がる。

「十条さんこそ、結構情に厚いんですね？」

俺は、いつかの意趣返しとばかりに少しからかってみるものの、

「まあ、全部楓様の受け売り——というか、こちらに書かれていることですが」

「え？」

十条さんはさらに驚きの切り札を持っていた。古びたＡ４用紙を差し出してくる。

「これ、まじですか……？」

「まじです」

受け取ったその紙には、なんと、『真一が最初に花嫁候補を脱落させた後の想定問答』と書いてあって、その下に、今やったやりとりの大崎の名前の部分だけが『（落ちちゃった子の名前）』と空欄になっているものがあった。俺のセリフにおいては、一言一句とまでは言わないが、ほとんど俺が今言ったことと一致している。

「超やばいやつじゃないですか、うちの母親……」

「御子息から見ても、そう思われますか」

「はい、心の底から」

やばすぎる。予言者か……？

「さあ、花嫁候補の皆様がお待ちです。向かいましょう」

「……はい」

俺は一旦、母への畏敬の念をポケットにしまい、襟を正して十条さんの前を歩いた。

エレベーターで屋上に上がると、５人が迎えてくれる。

「不可解です。どうしてお兄ちゃんと十条さんが一緒に上がってくるのです？」

平河舞音《ひらかわまのん》が顔をしかめて、

「舞音ちゃんの言う通りだよ、真一？　十条さんと２人で何をお話ししていたのかな？」

品川咲穂《しながわさきほ》が頬《ほお》を膨らませて、

「昨夜《ゆうべ》と比べると表情がだいぶ和らいだみたいだね、平河。ちょっとは元気出た？」

神田玲央奈《かんだれおな》が俺の顔を覗《のぞ》き込んでから、達観した微笑みを浮かべ、

「当然！　腑抜《ふぬ》けたままじゃ困るのよ！　シンはこれからまだまだアタシたちを全力で選ばないといけないんだから！」

渋谷《しぶや》ユウが俺の背中を強く叩き、

「真一くん、空元気《から》じゃない？　みんなの前では見せられない弱いところ、りぃには見せて良いからねぇ？　みんなには出来ないやり方で慰めてあげる♡」

目黒莉亜《めぐろりあ》があざとく俺の両手を握って上目遣いで言ってくる。

「……ああ、もう大丈夫だ」

『早く進みたければ１人で行け、遠くへ進めたければみんなで行け』

どちらにせよ、立ち止まっている暇なんかないのだから。

そして、感傷的な雰囲気などとは無縁なカラッと晴れた屋上で、

「皆様、お集まりいただき、ありがとうございます」

十条さんは、その真顔の口角をわずかに持ち上げた。

「それでは、シーズン２のルール説明を始めます」

あとがき

お気に入りのヒロインのことを『俺の嫁』と呼ぶ方がいらっしゃいます。

最近では『推し』という言葉に代替された感のあるこの言葉ですが、一夫一妻制の日本では、『推し』という表現の方が『推し』よりも強い決意や覚悟を感じさせます。

ただ、『俺の嫁』が複数人いる方や、1クールごとに替わる方もいらっしゃるのがやっぱり現実（事実という意味でも、3次元という意味でも）という感じはしますが。

とはいえ、ラブコメ作品の中の主人公は、そのくらい強い覚悟を持ってヒロインたちと接しているはずですし、そうあるべきだと思うのです。彼らの現実は間違いなくそこにあるのですから。

では、実際にそうせざるを得ない状況に放り込まれた主人公とメインヒロインたちは、一体どんな物語を起こすのでしょうか？

ご挨拶が遅れました！　初めましての方は初めまして、お久しぶりの方はお久しぶりです、石田灯葉《いしだともは》です。新シリーズだ！　やったー！

くどくどと前段を書きましたが、特段そういった意図はなく、素敵な子を沢山書きたいな～という動機で始めた本作です。楽しんでいただけましたでしょうか？

以下、謝辞を述べさせてください。

企画段階から長い間、一緒に知恵を絞ってくださった担当編集S様。諦めずにアドバイスをくださったおかげで、当初の自分には書けなかったものを見つけることが出来ました。心から感謝しております。

素晴らしいキャラクターデザインとイラストを描いてくださっている緋月《ひづき》ひぐれ様。ご一緒出来て嬉《うれ》しいです。これからもとても楽しみです！　ありがとうございます！

宣伝動画に声をあてくださった宮下早紀《みやしたさき》さま、デザインをしてくださったAFTERGLOWさま、校正者さま、印刷会社さま、担当営業さま。ほか、製作に関わってくださったすべての皆様。作品を支え、押し上げてくださり、ありがとうございます。

そして今、こちらを読んでくださっているあなた。本作を見つけて、選んでくださり、本当にありがとうございます。彼女たちの誰かが、『俺（私）の嫁』にしたくなるようなキャラに育ってくれたら嬉しいです。

それでは、また！　どこかでお目にかかれますように！

石田灯葉

絶対《ぜったい》に俺《おれ》をひとり占《じ》めしたい6人《にん》のメインヒロイン
season《シーズン》1.さて、誰《だれ》から振《ふ》ろうか？

著　石田灯葉《いしだともは》

角川スニーカー文庫　23524

2023年2月1日　初版発行

発行者　山下直久

発　行　株式会社KADOKAWA
〒102-8177 東京都千代田区富士見2-13-3
電話　0570-002-301（ナビダイヤル）

印刷所　株式会社暁印刷
製本所　本間製本株式会社

Printed in Japan　ISBN 978-4-04-113384-2　C0193

★ご意見、ご感想をお送りください★

〒102-8177 東京都千代田区富士見 2-13-3
株式会社KADOKAWA　角川スニーカー文庫編集部気付
「石田灯葉」先生
「緋月ひぐれ」先生

角川文庫発刊に際して

角川源義

第二次世界大戦の敗北は、軍事力の敗北であった以上に、私たちの若い文化力の敗退であった。私たちの文化が戦争に対して如何に無力であり、単なるあだ花に過ぎなかったかを、私たちは身を以て体験し痛感した。西洋近代文化の摂取にとって、明治以後八十年の歳月は決して短かすぎたとは言えない。にもかかわらず、近代文化の伝統を確立し、自由な批判と柔軟な良識に富む文化層として自らを形成することに私たちは失敗して来た。そしてこれは、各層への文化の普及滲透を任務とする出版人の責任でもあった。

一九四五年以来、私たちは再び振出しに戻り、第一歩から踏み出すことを余儀なくされた。これは大きな不幸ではあるが、反面、これまでの混沌・未熟・歪曲の中にあった我が国の文化に秩序と確たる基礎を齎らすためには絶好の機会でもある。角川書店は、このような祖国の文化的危機にあたり、微力をも顧みず再建の礎石たるべき抱負と決意とをもって出発したが、ここに創立以来の念願を果すべく角川文庫を発刊する。これまで刊行されたあらゆる全集叢書文庫類の長所と短所とを検討し、古今東西の不朽の典籍を、良心的編集のもとに、廉価に、そして書架にふさわしい美本として、多くのひとびとに提供しようとする。しかし私たちは徒らに百科全書的な知識のジレッタントを作ることを目的とせず、あくまで祖国の文化に秩序と再建への道を示し、この文庫を角川書店の栄ある事業として、今後永久に継続発展せしめ、学芸と教養との殿堂として大成せんことを期したい。多くの読書子の愛情ある忠言と支持とによって、この希望と抱負とを完遂せしめられんことを願う。

一九四九年五月三日

お見合いしたくなかったので、無理難題な条件をつけたら
同級生が来た件について
桜木桜
イラスト
clear
story by sakuragisakura
illustration by clear
わたしと嘘の"婚約"をしませんか？
嘘から始まるピュアラブコメ、開幕。
お見合い話を持ってくる祖父に無理難題をつきつけた高校生・高瀬川由弦。数日後、お見合いの場にいたのは同級生の雪城愛理沙!?　お見合い話にうんざりしていた二人は、お互いのために、嘘の『婚約』を交わすことになるのだが……。

スニーカー文庫

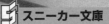